U0012110

# 一人管樂社

春&夏推理事件簿外傳

ハルチカ番外篇

ひとり吹奏楽部

# 目錄

波奇犯科帳　—檜山界雄×後藤朱里—　005
奇妙的重逢　—芹澤直子×片桐圭介—　061
極短篇　穗村千夏回收未採用劇本哏　125
象形符號事件　—馬倫・清×名越俊也—　133
一人管樂社　—成島美代子×？？？—　197

# 波奇犯科帳

檜山界雄×後藤朱里

狗會帶領人類進入非日常的世界。放學途中，馬路轉角處忽然響起刺耳的狗叫聲。這裡是我平常不會走的巷弄，因此我嚇了一跳，東張西望，接著一名認識的伯母叫住我：「界雄嗎？」現在是晚上七點多，街上的喧囂應該逐漸轉爲寂靜的時段。九月即將來到折返點，今天算是較早結束社團活動，我正趕著回家。

「平藏眞的超愛界雄的。」

平藏是伯母抱在懷裡的狗。那是吉娃娃與貴賓犬的混種，據說是從倒閉的寵物店收養來的。伯母的腳邊還有四隻狗，都繫著牽繩。

原來我在陰暗中也這麼醒目嗎？我意識到紮在後腦勺的長髮。

「這麼晚出來遛狗嗎？」

「很普通啊。這時間地面漸漸變涼了，溫度剛剛好。」

「這樣啊。」

搞不好狗本來是夜行性動物。

「而且一天遛兩次狗，是保持健康的祕訣。」

「健走嗎？」

「對對對。啊，可是今天比平常晚了一些。」

「哎呀，沒那麼誇張吧。」

我伸手在臉前揮著，想起至今爲止伯母告訴過我的種種內容。記得伯母家附近要蓋購物中心什麼的，正在進行土地收購。不管對方提出多優渥的條件，伯母仍不肯點頭答應。這個「仍」是重點，感覺她很快就會一夜致富。

「平藏似乎有感應，知道那個女的不能信任。有些隱情人無法識破，狗卻看得出來。」

平藏打了個大哈欠。狗打哈欠！我第一次看到。

「所以牠才會又吼又叫嗎？」

「簡直像把那個女的當成仇人一樣，連我都覺得不可思議極了。」

「眞的啊？」

我小聲附和。

平藏打完哈欠後，轉向飼主伯母，不開心地「嗚嗚嗚……」低吼起來。這該怎麼解釋？

「你看、你看，平藏在告訴我，牠忘不了那女人的臉。」

雖然對她兒子的女友很抱歉，但我沒見過她，往後應該也不會見面，還是支持一下伯母好了。

「好厲害。」

「就是說吧?平藏的直覺，比誰都準。」

伯母笑逐顏開。我若無其事地瞄了瞄手表，做出擔心時間的動作。「啊!」伯母總算露出諒解的表情，說:「不好意思，拉著你聊這麼久。」我行了個禮，向宛如養鵜鶘人家般拉著狗牽繩的伯母道別，匆匆踏上歸途。

狗或許是很聰明的動物，但不可能知道伯母家的地價上漲，或識破她兒子的女友是爲了財產接近，甚至可能是收購地皮的公司派來的女間諜。

既然如此，牠爲何叫得那麼凶?

總歸一句話，什麼事都瞞不過擁有敏銳推理能力和觀察力的縱火盜賊緝捕官——魔鬼平藏的法眼嗎?這麼一想，一股滑稽的笑意頓時湧上心頭。

伯母應該也只是拿鬼平的哏在打趣罷了。

# 1

隔天放學後，檜山界雄在音樂準備室爲定音鼓調音。這個空間上課時間難得有人使用，太陽的光束從窗玻璃外透入，照射出浮游的塵埃，它們細碎地分裂又融合，化爲濃縮的金色漩渦，閃閃發亮。

今天又是穗村第一個向社辦報到。第二學期開始後，界雄一直輸給她，她唯獨這份幹勁，値得效法。穗村晨練從不遲到，週末還自行慢跑五公里鍛鍊體力，不管遇上任何事，都積極面對。妳也該用功一下吧！戀愛一下吧！界雄覺得她快追上松岡修造或照英（註）的背影了。

感覺就快胡思亂想起來，界雄搖搖頭。現在這個時間，社員應該一一向社辦報到了。有時候，和大家在一起的團結感相比，一個人獨處較爲輕鬆。在團體中受到孤立很痛苦，但偶爾孤獨是必要的。

註：前網球選手松岡修造和照英，都是日本代表性的熱血運動藝人。

好像有蹺課的社外學生亂玩打擊樂器，界雄搖頭嘆氣，重新調整。即使將踏板歸位，依照使用手冊將對角線上的螺絲均勻調緊，音程也不可能就完全準了，需要靠演奏者的耳朵臨機應變地調整。先敲個一下試音，如果準確，便繼續敲打，並檢查微調裝置。尤其在芹澤加入管樂社後，由於定音鼓和管樂一樣是有音程的樂器，如果音調不對，不必等到顧問草壁老師開口，芹澤就會先糾正。

音樂準備室的拉門打開一條縫，一名嬌小的女社員探進頭問：「界雄，方便嗎？」左右綁成兩邊的頭髮搖晃著，是後藤朱里，界雄的同學，吹低音長號。她總是在每一個場面率先領導一年級社員，活潑開朗，從沒聽過她的負評，但曾留級一年的界雄難以打進她們的圈子，或者說有點不敢接近。

「不好意思，我現在有點忙。」

「我認爲『有點』和『忙』是互相牴觸的。」

「我在忙。」

後藤閃進音樂準備室裡，面朝前方，螃蟹橫行似地關上拉門。界雄心生不祥的預感，但還是繼續調音。後藤彎下身，湊近定音鼓的鼓面。綁起的頭髮如毛筆尖般貼在鼓皮上，立刻造成妨礙。

「就算仔細調音，演奏曲子的時候，偶爾音還是會不合。」她大剌剌地說，左右觀察。「咦，調音螺絲都生鏽了。」

「是啊……」

「你很忙嘛。我來幫忙去個鏽、抹點油吧？」

界雄看後藤的眼神彷彿注視著某種可怕的生物：「不用了。」

「別客氣，只要泡在學校廁所的SUNPOLE牌清潔劑裡，立刻清潔溜溜。」

「這種小知識妳是從哪裡學到的？」

「連一毛社費都不願意浪費的上条學長教我的。」

「不必了。」

「咦，爲～什～麼？居然放任它們生鏽，不～敢～相～信！」

後藤節奏十足、歌唱般說著，界雄以槌子輕敲一下鼓面。

「隨便點油，搞不好會在演奏中鬆掉。有些鏽比較好。」

「咦，是這樣喔？」

「如果沒事，妳去社辦那邊吧。」

「咦，爲～什～麼？音樂準備室是公共空間耶。」

後藤說的沒錯，界雄只得耐著性子繼續調音。不光是敲出音，也要確定音的長度，接著保養銅鈸和木琴。定期拿布擦拭，便可維持良好的狀態。其實他比較想在社團活動結束後慢慢進行保養，但在學校留到太晚，會害顧問草壁老師挨校方的罵。早上和中午又有自主練習，只能趁空檔來做這些。

後藤在旁邊晃來晃去，看著界雄忙碌，低低地說：

「你眞的很寶貝它們。」

這還用說嗎？「妳也很珍惜自己的樂器吧？」

「嗯。啊，可是怎麼說，感覺比我寶貝許多……」

界雄垮下肩膀，嘆一口氣，思考該怎麼回答。

「以長遠的眼光來看，敲鼓這動作等於是在耗損樂器，接近破壞樂器，所以我想比其他樂器更愛惜它們多一點。」

棘手的是定音鼓和小鼓的鼓面。如果膜鬆弛，音色變差，低音不夠長，就到了該更換的時候。在管樂器中，也是較爲花錢的。

「是喔？」

「妳在這裡摸魚沒關係嗎？」

後藤聞言一驚，彷彿頓時想起原本的目的，露出扭扭捏捏、難以啓齒的樣子。

「呃……那個……就是……我有件事想找你商量。其實這有點像是我的煩惱……」

界雄揚起單眉，轉向後藤。怎麼了？一點都不像她。

「煩惱？社團的事嗎？難道是人際關係的問題？」

「不，跟社團半點關係都沒有。」

「這裡的社員全是怪人嘛……」

直到去年，南高管樂社都處在瀕臨廢社的邊緣，不像其他學校，有嚴格的學長姊學弟妹階級關係或規則。因爲他們社團活動的秩序和穩定，並非依靠學年高低來維持。如果沒有上条和穗村這兩個破天荒的怪人，管樂社的社員就不會聚在這裡。從這層意義來看，社團裡的人際關係，與其他學校的管樂社大不相同。

「你願意幫我嗎……？」

聽到後藤這麼說，界雄露骨地蹙眉：

「應該有很多人願意幫妳的忙吧？」

「全軍覆沒了。」

這是在談哪個戰亂地區嗎？後藤的話太跳躍，界雄滿頭霧水，但他可以理解，是後藤求助的人全拒絕了她。

「所以只好來找我？」

界雄拿鼓槌指著自己，後藤搖搖頭說「不不不」。

「什麼『只好來找你』，你要知道，在我心中，你才是最終王牌。」

「王牌？從來沒人找我幫過什麼忙啊。」

後藤沒聽到最後，走到音樂準備室的窗前，望向操場。她的臉淡淡倒映在玻璃上，表情嚴肅，仰起下巴回答：

「其實，說來話長。」

「那就別說了。」

「那我省略前面和中間好了。廢話不多說，請你答應養狗吧！」

「等一下！」界雄的話聲走調，手中的鼓槌差點滑落。「妳剛才吐出什麼恐怖的事？養狗？為什麼？」

後藤回頭，握緊雙手激動應道：

「就告訴你說來話長啊！」

幹麼突然發飆？而且什麼「廢話不多說」，這根本是廢話。後藤漸漸暴露出本性，界雄在內心偷偷叫她「暴衝小動物」。

兩人不約而同瞄壁鐘一眼。練習時間馬上就要到了，社員會過來準備室。

「這麼一提，今天的練習內容也包括泛音。」界雄說。

爲了在比賽上以中編制贏過大編制，進入九月後，他們開始加強泛音練習。練習法之一，是以草壁老師特地爲管樂社借來的音樂指導機器「山葉和聲訓練器」播放純律的和聲，然後從低音單簧管等低音部起，逐漸疊上高音部樂器的音。

見話題突然轉移，後藤眨著眼睛說：「那台借來的機器，昨天收在一樓有鎖的置物櫃裡，由一年級生負責拿上來。」

「那我們一起去拿吧。」

後藤理解界雄的用意，點點頭。

## 2

我有個讀小學一年級的可愛弟弟……

正當我全心全意準備東海大賽的時候，他碰上不得了的遭遇……

界雄提著和聲訓練器，趁著周圍無人注意，走進空教室。拿著折疊式腳架的後藤跟上來。

歸納後藤敘述的內容，簡而言之，就是與她年紀相差頗多的弟弟，在暑假期間和朋友一起撿到流浪狗，偷偷養在小學裡。但暑假一過，事情立刻曝光，引發問題。

「這年頭居然能撿到流浪狗，眞難得。」

界雄坐在椅子上說。聽班上硬筆畫社的同學提過，漫畫裡已沒辦法畫自行車雙載和逗弄流浪狗的場面。尤其是流浪狗，幾乎從現代街道上絕跡，近年來他都不曾看見。因爲只要狗在路上遊蕩，立刻會有人通報保健所抓走。從這層意義來看，高橋義廣以狗爲主角的漫畫《銀牙傳說》系列，非常貫徹自我。

後藤跟著坐下：「那是別人丟掉的柯基犬，還是小狗。」

「眞的假的？」

「眞的。我弟說，那隻柯基奇蹟似地倖存。」

界雄不禁想像起來。柯基犬乍看不像野狗，才沒人通報吧。本來依靠小學生放學後餵食剩下的營養午餐存活，但一放暑假形同斷糧，奄奄一息之際，後藤的弟弟和朋友發現牠……

界雄詢問後藤，過程果然差不多是這樣。

「然後呢？」

「由我弟做爲代表，暫時收養牠。」

「了不起。至少他們沒交給大人，丟去保健所。」

後藤上半身往前探：「你在稱讚我弟嗎？」

「他很有愛心啊。」

「哎呀，還好啦。」不知爲何，後藤害臊起來。「他眞的是個好孩子，我非常以他爲傲。」

界雄客套地點點頭，有點擔心時間。

「那麼，這件事是哪個地方、怎樣不得了？」

「我爸對狗完全不行。」

後藤恢復一本正經的語氣，界雄一時無法理解這話的意思，皺起眉頭：

「不行？」

「我爸討厭狗。不只是不喜歡而已。」

「原來這世上有人對狗完全不行……」

實在難以置信。因爲太厭惡狗，看到狗甚至會跳起來的人，界雄僅僅在漫畫咖啡店裡翻閱的漫畫中看過，那是個愛上公寓寡婦管理員的網球教練帥哥角色。但就連這樣的角色，最後都克服了懼狗症（註）。

「我也是最近才知道的。我想得太簡單。我爸年輕的時候跑過外務，最怕遇到養狗的人家。」

「這裡是笑點嗎？」

「敢笑我就把你那張臉抓花。」

後藤不是在說笑，界雄拇指指腹抵著下巴，陷入沉思。這麼一提，依稀在哪裡聽過類似的事……想起來了，去年沒上學的期間，他都在家勤於讀報。是一篇談及郵差遭到懲戒的報導。一名郵差害怕某戶人家養在玄關的狗，將近半年都沒遞送郵件，不僅如此，還丟棄該戶人家的郵件。或許如同後藤說的，世上有著無法以常識評斷的少數派。面對多數派的偏見，他們的申訴是無力的。

「可是，」界雄偏頭，抬起眼問：「妳弟把狗帶回家了吧？往後要住在一起，妳父親對狗的恐懼遲早會消失吧？」

「一開始我們也悠哉地這麼想。不料，老爸爲了弟弟忍耐，卻日漸憔悴，連飯都吃不下，昨天甚至身體不適，請假沒去上班……」

「好嚴重。」

「沒錯，後藤家瀕臨極限。」

「跟妳弟一起把狗養在學校的朋友呢？」

「全說家裡不能養。」後藤的聲音逐漸萎靡。

「我想也是。」界雄沒說是她弟人太好。

「呃，那個……我弟並不想把柯基占爲己有。只要有人願意收養，隨時都能送給對方。」

「哦？妳弟才小學一年級，卻挺懂事的。」

「我弟喜歡看杜立德醫生的系列小說（兒童版）。」

界雄恍然大悟。杜立德醫生的疼愛寵物豬肥肥，卻喜歡吃豬肋排和香腸，完全不是純粹以「可愛」、「可憐」爲行動準則的僞君子（以道律約束自然是一種虛僞，這樣的蠻幹注定失敗。從這一點來看，杜立德醫生與動物保育人士的方向性大不相同，舉例來

---

註：指高橋留美子的漫畫《相聚一刻》（めぞん一刻）裡的角色三鷹瞬。

說，杜立德醫生曾批判英國紳士愛好的獵狐活動：「最重要的是，狐狸並未受到公平的對待。一隻狐狸居然必須逃離十二隻獵犬的追捕！」）後藤說對弟弟引以爲傲，看來並非誇張。

後藤哀痛地繼續傾訴：「如果這件事拖得太久，我弟和朋友之間會變得很尷尬……之前我忙著社團活動，沒空關心他，所以我想替他解決這個問題……」

孩童的感性會隨著成長，在幻滅與倦怠中逐漸消磨。這是社區ＦＭ電台的ＤＪ阿米的箴言。

對後藤家來說，這或許是個關鍵時刻。她應該問過所有同班同學和朋友，也在送養網站貼過訊息，盡力想方設法。界雄嘆一口氣。如果有弟弟，他實在沒自信會是像後藤這麼熱心的好哥哥。坦白講，他有點羨慕後藤。

「管樂社的學長姊怎麼說？」

「都說『對不起，幫不上忙』。啊，上条學長對藏獒以外的狗沒興趣，但如果是純金的狗雕像，他可以收留。」

「妳揍他沒關係。」

「咦？可是，只有上条學長告訴我，要是眞的沒辦法，把狗帶去這裡，或許有機會。」後藤遞出一張隨手塗鴉而成的地圖。「他說什麼奧羽山脈有狗的樂園（註一）。」

界雄放棄關注這個問題，拉開椅子起身準備回音樂教室。後藤拉住他的制服挽留：

「讓我赤裸裸坦白到這種地步，你沒有落跑的選項！」

「不好意思，我家也不能養狗。」

「我沒抱那種渺茫的期望。你家開寺院，應該認識滿多人吧？」

「我覺得這個期望一樣渺茫。」界雄的信條是只做能力範圍內的事。

後藤下巴往前頂，逼近上去：「既然如此，只好使出強硬手段。我不想這麼卑鄙，可是我知道你的弱點，我要恐嚇你！」

「弱點？恐嚇我？」

現在到底是怎樣？界雄不是會被一點威脅嚇倒的人。

「我要跟芹澤學姊打小報告，說你和上条學長合買十圓的好吃棒（註二），用美工刀直切成兩半分著吃！她一定會向你投射鄙夷的眼神！」

註一：高橋義廣的狗漫畫《銀牙傳說》系列裡，奧羽山脈住著一群狗「奧羽軍」。

註二：うまい棒，一種以玉米澱粉為原料的零嘴，外型像蛋捲，定價一直以來都是十圓，長度會配合原物料價格變動。有「日本國民零嘴」之稱。

「那又怎樣！妳少瞧不起窮人！」

界雄強勢地、一字一句頂回去，於是後藤換了副哀求的語氣蹭上來：

「柯基犬超可愛的！對什麼人都很熱情，你一定會愛上牠。」

後藤的話實在太無腦，搞得界雄連拒絕的力氣都沒了，只能嘆氣。忽然間，界雄歪頭瞇眼，重新回溯記憶。

「這麼說來，也不是完全沒人選。」

霎時，後藤的臉上綻放喜悅的光彩。她的表情比穗村更富有天眞浪漫的魅力，害怕閃耀事物的界雄忍不住別開視線，搔搔後腦：

「欸，後藤，我記得這個星期日社團活動休息，對吧？」

「咦，後天嗎？算休息啊。」

雖然休息，但大夥仍會來學校自主練習，然後不知不覺間，在中午前後進行基礎合奏練習。雖然不知是好是壞，但這就是後藤說「算休息」的緣故。

「那我上午不來學校了。我去問問看。」

「我也一起去。」

或許是身為當事人，自覺有責任，後藤立刻決定，界雄卻伸出一手制止：「妳不用來。」

## 3

星期日上午九點多。儘管難得早起，但界雄繼續睡了飽飽的回籠覺，正在刷牙時，玄關門鈴響了。這個時間直接找上住家而不是寺院本堂，不是信徒就是宅配業者。門鈴響個不停，界雄只好漱口前去應門。

門外站著穿便服的後藤，手裡提著波士頓旅行袋和狗籠。

「嘿嘿，我來了。」

後藤的反應宛如突擊男友家的女生，界雄暗地直翻白眼，忍不住哀號：「拜託！」在界雄心中，唯一允許做出這種反應的，只有電視節目《突擊！鄰家的晚飯》（註）裡拿著飯勺的桂米助。

界雄急忙準備外出。他把手電筒、頭燈、手巾、工作手套、幾個塑膠袋、露營用的

註：日本電視台節目《突撃！隣の晩ごはん》，主持人桂米助會毫無預警地在晚餐時段拜訪普通民宅，拍攝該戶人家的晚餐內容。

大夾子塞進背包裡。收拾好回到玄關一看，後藤坐在脫鞋處進屋的木框上等他。

她目不轉睛地注視界雄塞了一堆東西的背包：

「好大費周章。」

界雄懶得說明，含糊應一句「還好啦」，走出屋外。鎖上玄關大門後，他回頭問後藤：

「妳怎麼知道我家在哪裡？」

「社團聯絡簿上有住址，我也不著痕跡地向芹澤學姊打聽了一下。」

「是喔。」

界雄往前走，後藤連忙跟上。

「這麼一提，來這裡的路上，我差點被卡車撞到。司機戴墨鏡，外表十分狂野，一直跟我說對不起。下次再遇上，我一定要拿硬幣刮花他的車。」

啊，那應該是我爸——話來到喉頭，界雄又吞回去。

界雄家——睡蓮寺是市內擁有百年以上歷史的老寺院，但由於人口高齡化，信徒減少，光靠信仰相關業務，無法維持寺院經營。在這樣的背景下，身為住持的父親只好兼差當卡車司機。在外兼職的住持並不罕見，如今界雄的父親練出一身肌肉，外表與其說是僧侶，更像是大卡車運將。

一路上，界雄不時回頭，望向慢幾步才跟上的後藤。嬌小的後藤跟得似乎有些勉強，界雄稍微反省了一下。

「我幫妳拿一個。」

中間停頓一拍。後藤可能沒受到男生幫忙的經驗，「咦、咦、咦」地連呼，一陣慌亂。界雄伸手表示「不必客氣」，於是她遞出波士頓包說「那麼，這個給你」。界雄昨天目睹後藤把長號留在社辦，袋子裡裝的應該是今天自主練習要用的東西。

界雄接過波士頓包，順便瞄一眼後藤提的狗籠。裡面的小狗異常安分，令人差點遺忘牠的存在。

「是那隻柯基嗎？」

「對。」

「公的還是母的？」

「母的。」

「取名字了沒？」

「哎，說到名字，」後藤笑著回答。「我弟替牠取名『波奇』，超土的吧？所以我打了回票。」

「然後呢？」

「想要叫牠我喜歡的重金屬樂團主唱『安德魯』——」

「駁回。從今天開始，牠就叫『阿夏』。」

「咦！」後藤露出明顯地排斥：「什麼阿夏，好像老太婆的名字。」

波奇——退讓一百步，就算是安德魯，也不是該給母狗取的名字。姊弟倆品味實在有問題。阿夏是荒神一黨二代女賊的名字呢！——界雄完全沒意識到自己的品味也相當有問題。

「我看一下。」

據說柯基十分聰明，好奇心旺盛，有必要進行鑑定。界雄和後藤移動到沒有行車的巷弄，把狗籠放到地上，輕輕打開側邊的籠門。裡面有一隻褐白相間的小狗。一般情況下，應該會有些反應，或探出頭，小狗卻縮在籠子深處，一動也不動。

牠怎麼了？

界雄湊近地面窺看，只見表情像狐狸的柯基那雙渾圓的黑色眼睛炯炯有神，發出低吼。毛皮看起來頗柔軟，鼻頭頻頻抽動。「過來。」界雄把手伸進去，柯基卻啃起他的指頭。牠的牙齒很小，可是咬起來挺痛。

「妳不是說牠非常熱情……？」

「交給我！」這麼說的後藤，也被柯基狠咬一口。她急忙縮手，淚眼汪汪地哀號一陣「痛死了」，又變回一本正經，滿不在乎地解釋：

「平常只要伸手過去，牠就會舔冰棒般舔個不停。在後藤家牠都到處發動隨機舔人攻擊。」

「明明超凶的。」

「奇怪，今天出門後就一直這樣……」

後藤雙手抱胸，界雄一瞪：「妳之前是唬我的嗎？」

「怎麼可能？我不是會臨場撒謊的人。」

身爲男生，實在不想聽到這種辯解，但界雄瞥著誇張揮舞雙手的後藤，心想「唔，也是」。他花費一點時間，才擠出下一句話：

「牠生病了嗎？」

後藤露出「不敢相信」的表情。

「我們帶牠去動物醫院打過疫苗（不顧弟弟的反對，硬是在病歷表的寵物名欄塡上

「後藤安德魯」），也才剛接受定期健檢，今天早上餵牠的時候，牠十分有活力，很親人啊！」

那怎會一離開家就突然變了副模樣？

這隻柯基自知以前遭人拋棄，現在又發現本來即將變成新飼主的後藤家也不要牠了嗎？果真如此，牠是根據什麼判斷的？

這隻柯基和接下來要見面的伯母養的狗平藏有共通之處。那隻狗只會對伯母獨子的女友亂吼亂叫。

界雄陷入沉默。漫長的沉思默想。

據說，狗的智力約是人類兩、三歲小孩的程度。不過，這是以人類的知覺來看。狗眼中的世界，和人眼中的世界不同。搞不好這個問題與他在書上讀到、大感驚奇的「環境世界」（Umwelt）理論（註）有關。

如果有個根本上異於人類的狗的知覺世界，而狗可據以做出推理，那會是什麼樣子？像是氣味的世界嗎？這是學校課程無法提供的饒富興味的考察。

界雄的好奇心蠢蠢欲動。忽然，藤尖著嗓子搭話，彷彿要妨礙他的思索：

「欸，界雄，別發呆。振作點好嗎？眞是的。」

界雄漸漸惱火起來。我是爲了誰才這麼辛苦?他大嘆一口氣。

他想起前天向班上愛狗的女同學確認的問題。當時的對話如下:

「我想把柯基送給養五隻米克斯狗的人，有哪些要注意的地方嗎?」

「還是不要吧。」

「咦，爲什麼?」

「很奇怪的是，不知爲何，柯基會招其他的狗討厭。散步的時候，我常看到柯基被別的狗吼叫。」

「眞的假的?」

「雖然沒生物學上的根據，但我是親眼目睹。柯基不是身體長長、腳短短、身材結實、耳朵尖尖、沒有尾巴、屁股光溜溜的嗎?有一種跟臘腸犬或鬥牛犬不一樣的異類感，所以在一群狗裡，顯得特別格格不入。」

「柯基不是伊莉莎白女王養的狗嗎?」

「那又怎樣?」

註:德國生物學家及哲學家魏克斯屈爾(Jakob Johann Baron von Uexküll，一八六四~一九四四)提倡，認為各種動物的知覺作用的世界總體，即為該動物的環境。

女同學的話十分主觀，根據又薄弱，有可能引發全國柯基粉的攻擊，然而不知為何，莫名有種說服力。

（柯基犬超可愛！對誰都很熱情，你一定會愛上牠。）

為了展現出牠能跟平藏、阿雅、千代、阿澤、阿豐和睦相處，必須讓伯母看到後藤描述的可愛形象，只是這下前途堪慮。

## 4

界雄來到跨越寬闊幹線道路的十字路口，地圖他已記在腦中。幾棟建築物覆蓋著藍色塑膠布，空地堆滿建材。經過此處，伯母家就不遠了。

他停步等綠燈，後藤站到旁邊。強風吹得她別開臉，稍微低下頭後，又仰望界雄問：

「你是不是姿勢變挺啦？」

後藤看似漠不關心，其實都瞧在眼裡，界雄暗暗佩服。芹澤總不厭其煩地叨念「打擊樂器演奏者的站姿也是演奏的一部分」，後來他隨時留意站姿，總算有所回報。

「喂。」

「什麼事?」

「快到我認識的伯母家了，妳可以帶柯基去別的地方打發時間，大概一小時左右吧，我再打手機給妳。」

「咦，爲什麼?人家想看你談判成功的帥氣模樣。」

「談是要談，但我沒膽一上門就請人家收養柯基。做事情是有次序的。」

界雄說著，輕輕搖晃肩上的背包。

「我一直很好奇，那裡面裝什麼?」

變綠燈了。如果不好好說明，後藤恐怕不會罷休，因此界雄邊走邊解釋。

他說的是寺院拜訪信徒的業務。拜訪信徒的工作，原本只在信徒家有人過世的第一次盂蘭盆節（註），及做法事的時候，但在睡蓮寺，父親會隨時抽空一家家拜訪高齡長者，類似義工或社工。父親表示，以前都是寺院住持像這樣支持著社區住戶的健康，聆聽眾人的煩惱。雖然無法期待信徒布施，但這年頭睡蓮寺能夠撐著不致於廢寺，就是因爲信徒雖然少，卻非常有凝聚力。而且，界雄也很關心鎮上的老人。最近在他的社區

註：日本每年於七月十五日舉辦的祭祖法會，一般都會趁此期間的連假返鄉掃墓。

ＦＭ電台廣播節目中，ＤＪ定吉把ＷＢＣ「世界棒球經典賽」說成ＷＢＣ「世界棒球集點賽」，差點鬧出大包。

小時候，界雄會跟著父親一起拜訪信徒。他就是想起這件事，翻開電話簿，打電話到伯母家。——妳好，我是睡蓮寺的界雄，之前久違地見到伯母，眞的好開心。我向家父提起後，他很關心伯母，所以我想代替家父拜訪府上，有沒有什麼需要幫忙的地方？咦，別逗我了，我完完全全沒繼承寺院的意思。咦，ＤＪ佐清的龜兔大戰第七集？原來伯母有收聽我們廣播的特別節目啊。龜孫子和兔孫子的大戰尚未結束。下一集開始，我們請到一位叫上条的劇本家加入，格局將變得更波瀾壯闊，兔孫子率領複製兔軍團殺過來，但龜孫子採取媲美古裝劇《宮本武藏：一乘寺決鬥》裡的殘忍戰略，將會上演複製兔孫子的大屠殺喔！啊，我偏題了，這星期日上午拜訪方便嗎？——伯母明白睡蓮寺方拜訪信徒的意義，笑了一下回答「那我就恭敬不如從命」，拜託界雄幫忙清理住家地板下的垃圾。界雄一邊說好，一邊驚訝於父親的沒節操：原來老爸眞的什麼都包辦。雖然是頗累人的差事，但也沒辦法。

「就是這麼回事……」

「到底是哪回事啊？聽不懂你在說什麼，只記得兔子大屠殺。」

「我想也是。」

「反正就是在開口拜託前，先賣對方人情吧。」

後藤直截了當地歸納，界雄苦笑：

「不，清理垃圾應該是伯母的藉口。」

總有一天，伯母的獨子會離開家裡。想珍惜社區裡的連繫、想透過互相交流，獲得安心。社區不是只有長者，而是必須每一個世代的居民都參與其中才行——這是他沒去上學的期間切身的體會。

「是嗎？好像懂，又不太懂……」

界雄擺出「不必懂也沒關係」的手勢，摸摸口袋，從錢包裡掏出零錢說「喏，給妳八十圓，去那邊的流血價自動販賣機買個果汁，到公園坐坐吧」，像安撫小學生妹妹般打發後藤。

界雄目送後藤不情願地離去，來到狗叫個不停的木造雙層住家前。房屋呈現沉穩的褐色光澤，彷彿散發出淡淡的木頭香，屋齡似乎相當古老，卻沒有破舊的感覺。聽說往昔的工匠技術極佳，牆壁和柱子的施工都一絲不苟，只要補強，幾乎是穩如泰山。界雄推測，伯母不願意賣地，或許有金錢以外的考量。

從高聳的籬笆隙縫間，可看見庭院和緣廊。

「咦，是界雄嗎？」

界雄和拿著花灑的伯母對望，彼此頷首致意。

「啊，我是檜山，伯母好。」

「進來吧，我端茶給你。」

讓後藤久等也過意不去，界雄想盡快清完垃圾，便從大門繞到庭院，把背包放在緣廊上。今天伯父和獨子似乎不在家。狗放養在庭院，界雄十分訝異，牠們居然不會跑出去。

阿雅、千代、阿澤、阿豐四隻狗圍在伯母腳邊，搖著尾巴。牠們的模樣彷彿在訴說，得到主人的關心，就是生命中最大的意義和喜悅。

只有另一隻——元老平藏低吼著，朝伯母不住吠叫。從剛才開始，耳膜便充斥著平藏的叫聲，雖然斷斷續續，但還是很吵，令人不禁納悶，牠的身體那麼小，哪來多餘的力氣叫個不停？

界雄聊著睡蓮寺的近況，以手巾包好頭，裝上頭燈，並戴上工作手套。一身父親挖掘本堂閣樓儲物間時的裝備。

「只要清掉垃圾就行了嗎？」

界雄拿著夾子和塑膠袋，轉向伯母問。

「咦？討厭啦，喝茶就好。你爸每次來也只是喝茶。他都毫不客氣地把中元糕點吃個精光才離開。」

原來是這樣……界雄接著說：「可是，既然我都來了，就讓我效勞吧。」

「這些小狗會把東西藏在地板下，所以我忍不住在電話裡跟你吐苦水。牠們會叼些毛巾、舊拖鞋之類的進去，尤其是鞋子。」

鞋子是皮革或橡膠製成，在狗眼中，應該像吸引力十足的獵物。

「我知道了。」

「不過，不必太認真，大概撿一撿就行。」

界雄把夾子弄得「喀鏘喀鏘」響，窺看架高的地板底下。混凝土基座上的通風口，大小可容一個人進入。格柵已拆下。

「狗可能偷偷跑出家裡，叼回別人家的鞋子，藏進裡面吧？」

「咦？」伯母瞪大眼睛，「好吃驚，你跟你爸一樣，目光滿敏銳的。雖然還沒人抗議過，但畢竟有五隻狗進進出出。」接著，她以手背掩著嘴巴笑了。「或許今天請你過來是對的。

「至少讓我檢查看看。」

界雄確定工作重點後，滿足於自己的直覺，從緣廊鑽進架高的地板下。

打開頭燈，照亮前方，匍匐前進。

有點類似洞窟探險，但只要移動，方向感就會錯亂，頗爲困擾。連界雄這麼瘦的人，背和腰都會碰到地梁和橫木，或許伯母也沒辦法請丈夫或獨子鑽進來查看。地板下約莫是通風良好，沒什麼濕氣。短基柱沒有受到白蟻侵蝕的樣子，不過掉落著疑似乾燥僵直的蟲子屍體。

圍繞著他的黑暗愈來愈濃厚。

界雄發現三條骯髒的毛巾、兩只涼鞋，隨手丟進塑膠袋裡回收。有拖鞋堆積在一處，一樣撿起來。其他還有零食包裝盒、飛盤、橡膠球、塑膠狗玩具。愈是前進，愈可發現狗兒們的領域遍及地板下深處。

界雄維持著侷促的姿勢，轉動腦袋。

他聆聽著格外刺耳的呼吸聲，想起平藏的變化。

平藏是在這裡發現伯母獨子帶回家的女友的祕密嗎？

隔牆有耳，地板下有狗。

難道平藏聽得懂人話，躲在這裡偷聽？

未免太扯了……

界雄左右張望，移動頭燈的光。

杜石旁邊掉落著一只上下顛倒的皮鞋。他伸出夾子正要夾，緣廊的方向傳來熟悉的女生笑聲：「啊哈哈哈！」「好可愛的狗。」「是柯基，今天似乎很怕生。」「哎呀，好像也挺怕狗。」「就是啊。對了，伯母剛才講的是眞的嗎？」「是啊，當然是眞的。」「居然腳踏三條船，那女的實在太惡劣。幸好伯母的兒子跟她分手了。」「我也這麼覺得。不過，我兒子滿沮喪的。」「還有機會的。」「呵呵，那可以介紹妳的同學嗎？」「呃，請問伯母的兒子幾歲？」「三十六。」「這是犯罪吧？」「就是說呢。」

伯母愉快地談笑，害得界雄「咚」一聲撞到頭。他橫衝直撞，匆匆爬出地板下。

「欸，我開始覺得，伯母就像我眞的伯母一樣。」「太開心了，我也好想有一個像妳這麼開朗的女兒。」「這樣感覺頗厚臉皮，不過其實我有事要拜託伯母。」「什麼事？」

「請妳收養這隻遭人遺棄的柯基吧！」

界雄宛如穿越障礙物賽跑的網子般火速鑽出來，渾身泥巴汗水地站起。不出所料，後藤抱著狗籠，坐在緣廊邊。界雄脫下工作手套，揪起她的一隻手，使勁全力把她拖到庭院角落，像為職棒開球的偶像明星般振臂高揮，朝她的腦門敲下去。

「幹麼突然打我！」

後藤露出遭到盟友背叛的表情。

「妳害我遭到今年最嚴重的驚嚇！」

界雄大聲罵道，壓過了周圍的狗叫。這傢伙為什麼不會受到膚淺的計畫或按部就班的準備所惑，想一直線達成目的？而且似乎快成功，更教人氣得跳腳。界雄覺得一點一滴累積邏輯思考的自己簡直是個大白痴，幾乎對總是被穗村搞得一個頭兩個大的上条感同身受。

「界雄，你朋友好可愛、好有趣。是管樂社的同學？」

伯母坐在緣廊愉快地說，後藤害羞地回頭：

「啊，我還沒自我介紹。我叫後藤朱里，吹低音長號。」

「叮叮……長號？」

「不是啦！是低音長號！」

居然還沒自我介紹嗎？界雄幾乎要毛骨悚然起來。後藤究竟是怎麼讓伯母開口吐露獨子的問題？這祕訣務必要請教一下。

界雄再次拉著後藤的手，回到伯母身邊，一掌抓住她的頭，硬是要她低頭道歉。

「對不起、對不起，這女生沒惡意。」

這是眞心話。後藤比一些想製造正面的印象，卻掩蓋不住漆黑本性的女生好太多。只爲了單純的目的而活，令人欣賞。況且，柯基並不是她棄養的，她與前任飼主也毫無關係，等於是扛起根本不必要的辛苦。

「你們感情眞好。」伯母徹底誤解。「對了，我有事要跟界雄報告。那女人的問題解決了。」

「咦？」伯母的口氣輕鬆得彷彿在問「要不要喝杯茶？」，他不禁再次反問：「咦？」

「我兒子果然是被騙了。」

怎麼，原來是這件事。不管對象是高中生還是什麼人，伯母一定都極想傾吐。界雄覺得對她兒子來說，這實在是無妄之災，同時也感到一陣寂寞：原來伯母並不是只對他一個人無所不談。

「她不會再來了嗎……？」

「上次在路上遇到你，隔天就發現那女人不僅是腳踏兩條船，甚至是腳踏三條船！她同時跟搞樂團的還有酒保交往。我兒子是公務員，似乎被當成安全牌留著，也發現她其實欠一屁股債。」

雖然不是很清楚，但界雄沒想到居然會在這裡冒出麻將術語。界雄的麻將是DJ定吉傳授的。記憶力如果不夠好，就無法在賭博中獲勝。

（平藏的直覺，比誰都準。）

原來如此，伯母兒子的女友純粹是為錢接近他，現在知難而退了啊……

界雄俯視地面的狗。阿雅、千代、阿澤、阿豐這四隻狗十分關注後藤懷裡的狗籠，叫個不停。狗籠裡的柯基也一樣，別理牠們就好，卻不甘示弱地汪汪應戰。

另一方面，只有平藏完全不把柯基放在眼裡，朝伯母吠叫不休，緊接著又壓低身體，擠出聲音般低吼。

「平藏是怎麼了呢？」

伯母也為平藏持續已久的異狀感到困惑。

界雄提出問題：「會不會是身體不舒服？」

「不舒服？你說生病嗎？」

「對。」

「狗會隱瞞身體的不適，所以我都會帶牠們做健康檢查……」

「全部正常嗎？」

「以牠的年紀來看很健康啊。感覺也不像吃到什麼壞東西……」

「這樣啊。」界雄抱起雙臂，沉默不語。

伯母納悶一陣，挪動身體轉向後藤，改變話題：「對了，妳剛才說什麼棄養的狗……」

界雄一驚，急忙想補充，後藤卻嚴肅答話：

「其實，我正在找可收養這隻柯基的人。」

「這樣啊……」伯母有些驚訝，「所以才會一直把牠關在籠子裡嗎？」

後藤略略垂著眼，點一下頭：

「給牠繫上牽繩，是新主人的第一項工作。我們家沒辦法養牠。」

界雄屏息聽著，有點對後藤刮目相看。

伯母露出注視親生女兒般的表情，上半身往前探，問：「牠看起來已可管教、帶出去溜，你們都怎麼處理？」

「呃，我覺得這樣不太好，不過都把牠放養在家裡。勉強要形容，就是自由狀態。」

於是，害得怕狗的父親被追著跑嗎？界雄總算瞭解後藤家怎會那麼淒慘。

伯母沉默許久，狗兒們的叫聲格外刺耳。

「牠本來應該有其他兄弟……真可憐。」

她低聲喃喃，望向後藤懷裡的狗籠。

（我弟說，那隻柯基奇蹟般倖存。）

界雄想起後藤的話。或許她弟目睹柯基其他兄弟的下場。雖然不太莊重，但界雄想像起在暑假期間變成乾屍的小狗。但即使同情，界雄家也不能收養。傷腦筋，真想請杜立德醫生指點一下明路。

緣廊邊，伯母陷入沉思。界雄突然覺得待在這裡令人窒息，想假裝成透明人，但很快就裝不下去。他重新拿起塑膠袋和夾子，打算繼續撿拾垃圾，不料後藤抓住他的衣服：

「你沒有從這種狀況逃離的選項。」

「我是要去工作！」

聽到兩人的對話，伯母像找到沉默的出口般噗哧一笑。

「你們感情眞好。」

「沒有、沒有。」界雄在臉前揮著手。他居然膚淺地進行策畫，希望讓伯母順利收養後藤的柯基，實在太可恥。飼養寵物，就是被交付一條生命，必須有不管遇上任何狀況，都要照顧到最後一刻的覺悟，才不可能輕易答應：「好，我來養。」

後藤再次用力抓住界雄的衣服。她湊過來，小聲說：

「重大發表，我跟伯母的話題用光了。」

「妳們剛才不是聊得挺開心？那是我的幻聽嗎？」

「徵求聊天話題……」

界雄仰頭望天，咬緊牙關，眉心打結般思考。

「伯母參加了俳句教室。」

「俳句？我不懂俳句啊。」

「上次我碰巧撿到妳的樂譜，後面寫著充滿詩意的字句：『泡泡球，那是製造出天空碎片的奇蹟……』我就當沒看到，妳努力配合伯母一下吧（參考：穗村在國中時的作業寫下的俳句是『熱氣球　是無聲無息升空的　問號（字太多了）』。）

後藤羞得滿臉通紅，全身發抖。

不關我的事。總之這是伯母的要求，界雄想快點執行自己的任務。他彎下身，鑽進緣廊底下。

（就是在開口拜託前，先賣對方人情吧。）

雖然想起後藤辛辣的評語，但只要採取行動，或許有好有壞，卻也可能最後皆大歡喜。總比坐以待斃要來得好。

界雄在地板下爬行前進，緣廊傳來「啊哈哈」的歡樂笑聲。「界雄他啊，是個沒神經的大傻蛋！」嗯，果然適應力超強。

界雄左右張望，藉頭燈照亮周圍。剛才他檢查過，地板下的空間乾燥，沒有白蟻侵蝕的跡象，似乎不必擔心蟻害造成腐朽。這棟屋子的施工十分堅固，賣地拆毀實在可惜。雖然沒有白蟻，但他看見飛蟲的屍骸影子。嬌小的腳淒慘地蜷縮著，也許最後是空虛地自行斷氣。

界雄深入內部，腦袋一隅湧出一個微小的疑問。疑問猶如芒刺在背，漸漸強烈地發出主張。

平藏的事，頗令人介意。

爲何平藏會朝伯母近乎執拗地吠叫、低吼個不停？

如果不是生病，會是什麼理由？

最老資格的狗平藏，是想對群體中地位最崇高的飼主伯母傳達什麼嗎……？

或者，牠果然是討厭那個爲錢接近伯母兒子的女人？

身爲狗的平藏，眞的能識破人的本性嗎？

只要知道那個女人再也不會來家裡，平藏就會恢復正常嗎？

界雄的意識回到眼前的現實。剛才沒夾到的皮鞋掉在前面，他夾起丟進垃圾袋。地面的泥土非常堅硬，感覺狗的前腳沒辦法輕易挖開，所以應該不會埋著什麼東西。

如果像伯母說的，那些狗把叼來的東西藏在這裡，那麼地板底下就和庭院一樣，屬於牠們的地盤。若平藏是發現裝著鈔票或金塊的神祕皮包，試圖通知伯母，想必會是一段佳話。

然而，界雄也進行相反的可怕想像。

萬一……地板底下藏著二戰時期的未爆彈呢？

不過，如果是未爆彈，應該會在屋子興建前就發現，引發轟動，而且寵物狗無法識別炸彈是危險的東西。除非經過特殊訓練，或親身經歷爆炸——

危險物嗎？

界雄留意到自己一直低著頭工作，於是抬起頭。

地板下漆黑的世界再次出現在光圈中。從地板支架垂直延伸的短基柱，縱橫等間隔排列。意外開闊的空間，彷彿是拆除全部牆壁的迷宮。

那是什麼？

界雄小心翼翼地瞇眼，提心吊膽地靠近。

**危險物不是掉落在地面，而是在上方。**

界雄頓時全身僵硬，甚至連呼吸都不敢出聲。

那個倒立垂掛的壺狀物體……

平藏是注意到這個物體，想通知伯母危機逼近他們家嗎？

## 5

從陰暗的地板下解脫，來到外頭，陽光實在刺眼極了。

「欸，界雄，這算是平藏立下大功嗎？」

界雄和後藤離開伯母家，決定前往八十圓流血價自動販賣機旁的公園。這是平日幾乎沒人會去的小公園，後藤坐在長椅上，抱著裝柯基犬的狗籠，界雄肩上搭著背包站在對面。

來到公園的路上，界雄把平藏對伯母的奇妙變化詳細告訴後藤。

「我覺得是大功一件。」

界雄應道。發現乾涸的蟲屍是什麼後，他火速從地板下落荒而逃，通報在緣廊等待的伯母，完全沒有閒情逸致替柯基找主人。

後藤抬頭說：「原來是虎頭蜂的窩……」

「是啊。伯母家面臨的危機，不是爲錢接近兒子的女人，而是在地板下築巢的虎頭蜂。」

掉落在地板下的，是拇指大的虎頭蜂屍體。形狀和顏色十分駭人，看上去就很凶暴，像在警告危險勿近。平藏約莫是憑著動物的本能發現那是危險的生物。每年到八、九月，便會傳出虎頭蜂螫傷人的新聞，偶爾會造成死亡。平藏得知虎頭蜂開始在地板下築巢，才會又吼又叫，試圖警告伯母。這是界雄的推論。他勸伯母盡快聯絡捕蜂業者。

「這樣喔……」

後藤回答得心不在焉，界雄忍不住動氣。今天在地板下撿垃圾搞得渾身泥巴，才能發現這個事實，而且我撿垃圾是爲了誰啊？

「妳倒是輕鬆。」界雄酸道。

這回換後藤生氣了，她難以信服地看著界雄：

「我在庭院和伯母聊天的時候，完全沒看到虎頭蜂飛過。」

聽到這話，界雄石化片刻。他在地板下看到的，只有乾掉的虎頭蜂屍體，頭燈的燈光裡，不見任何飛舞的虎頭蜂，也完全沒聽到引發恐懼的嗡嗡聲。倘若築巢是現在進行式，起碼會看到一隻活的虎頭蜂。

到底是怎麼回事？他漏掉什麼重要的事實嗎？

界雄頓時沉默，後藤繼續道：

「伯母家有五隻狗，如果牠們經常進出地板下，應該五隻都會發現，爲何只有平藏那麼異常？」

有道理。界雄遲疑一下，開口：

「抱歉，妳說的沒錯，不太對勁。」

看到界雄認錯，後藤滿意地取出智慧型手機。班上有智慧型手機的人還不多，界雄好奇地探頭看：

「咦，妳有挺不錯的東西。」

「這是我的高中入學禮物。」後藤滑動螢幕，搜尋虎頭蜂窩的圖片。很快地，搜尋到的圖片出現在畫面上。「你看到的是哪一種？」

界雄這才知道虎頭蜂窩有許多種形狀。「這個。」他指著倒掛的壺狀蜂窩圖片。顏色是紅褐色，並有類似漩渦的花紋。

兩人一起閱讀解說的文字：

「每年過冬後，女王蜂會在五月左右單獨開始築巢。」

五月？現在是九月。

以那種形狀保留到九月，表示女王蜂因著某些原由，不幸死掉了。他看到的那具蜂屍是女王蜂嗎？不，蟲的屍體應該會粉碎風化，可能是偶然誤闖地板下死掉的雄蜂。

雖然覺得混亂，但只有一個事實很清楚：虎頭蜂在伯母家築巢的危機，早在五月就解除。解說文字中提到：「建造到一半的蜂窩，不會被其他虎頭蜂接收。」

界雄不禁想咂舌，搖搖頭。如同後藤說的，沒看到半隻活的虎頭蜂時，他就應該發現。是在漆黑狹窄的地板下爬來爬去，失去冷靜嗎……？

「到底怎麼回事？」後藤歪頭納悶地說。

「對了，得聯絡伯母。手機借我。」

「咦？界雄，你沒有手機嗎？」

「沒有。」

「你知道伯母家的電話？」

「最近才剛打過，還記得。」界雄喜歡的冒險小說世界裡，有許多記憶力超群的人。身爲眞實世界的人不能輸給他們。

「你好厲害。可是，現在聯絡伯母要做什麼？」

「做什麼……」後藤的悠哉令界雄有些不耐煩，「不用找捕蜂業者了啊。」

「最好還是找一下吧？」

「咦？」

「畢竟眞的有女王蜂在緣廊底下出沒。搞不好明年又會飛進來。請來專家，應該會想辦法預防。離開的時候，我跟伯母提過。」

界雄悄悄嚥下口水。他總算理解後藤怎能這麼老神在在，最後恐慌的只有自己。巧言令色，鮮矣仁——他想起ＤＪ阿米的教誨。與其耍小聰明、小花招，裝出無所不知的樣子，任意扭曲事物的意義，倒不如秉持信念，坦白傳達彼此的心情，才算是大智慧嗎？這整件事，是不是根本有沒有他都沒差？界雄僅存的自尊與威嚴，此刻奄奄一息。

後藤把狗籠放到長椅上，蹲在旁邊，打開側面的籠門，聽不出是開玩笑還是認真地說「你的新家是睡蓮寺喔」，摸摸柯基的頭。

好痛！

好像又被咬了。因爲是小狗，牙齒還小，但界雄親身經歷過，眞的很痛。界雄彎下腰探看狗籠。

「如果不能再熱情一點、可愛一點，滿難找到人收養吧？」

「牠平常不是這樣的……」

「會不會是裝在不熟悉的籠子裡，不太高興？」

「咦？可是，打疫苗和健康檢查的時候也用籠子裝著走了很久，牠都沒這樣啊。」

「那就是不舒服——」界雄說到一半，忽然莫名感到似曾相識，歪起頭。他和伯母之間，有過類似這種刪去法的對話。

界雄仔細觀察狗籠裡的柯基。或許只是感傷使然，柯基看起來也像無法承受遽變，陷入混亂，不知該相信誰。

「還是，我表現在神情和態度上……？」後藤低頭，噘起嘴唇低喃。

「咦？」

「只剩下這種可能性。」

界雄眨眨眼，半晌後站起，抱著雙臂陷入沉思。

他想到平藏。宛如冬季晴朗的日子，或焦點確實對準的鏡頭般，他覺得思考的每一個角落都變得清晰起來。

平藏是伯母養的第一隻狗，長久以來受到伯母疼愛，牠會不會成爲**觀察伯母的專家**？即使本人沒發現，人的行動和動作也可能改變。這細微的徵兆，只有平藏察覺……

這是最簡單的答案。平藏總是看著伯母，連她兒子沒發現的疑神疑鬼表情，牠都有所反應。不，兒子的女友問題已經決，表示**還有其他導致伯母的表情出現變化的原因**……

這幾天一直想著狗，勾起意想不到的記憶。那是界雄沒去上學的期間，在圖書館的書裡讀到的內容。

狗與人的觀察方式，有著巨大的不同。

那就是判斷力。判斷力固然重要，但要發揮直覺時，卻會造成妨礙，如同干擾靈敏天線的雜訊，十分棘手。狗吼叫的時候，不會被眼前的現象應該是什麼情形、平常都是怎樣、接下來該怎麼做……這些想法迷惑。狗只會看到眼前的狀況。這就是狗天生的生存能力，也是求生的力量。

眼前的狀況……

伯母家面臨的眞實危機是什麼？

眞正危險的東西是什麼？

今天的對話中，或許隱藏著線索。再怎麼小的線索都好。界雄往太陽穴用力，拚命回溯伯母的言行。他垂下目光，尋找答案。

## 6

幾天後，伯母發現界雄和後藤走進病房。可能是眞的很無聊，呆呆看電視也看到膩了，注意到二人，她笑逐顏開，「哎呀呀」地連呼，請他們在床邊的圓椅子坐下。六人大病房裡，只住著伯母一個人。

（狗會隱瞞身體的不適，所以我都會帶牠們做健康檢查……）

人也一樣，會隱瞞生病的不適。

界雄和後藤一起去拜訪伯母家的那天晚上，放心不下的界雄決定不管三七二十一，打電話給伯母，請她去做個健康檢查，於是——

「你們剛放學嗎？」

透入窗戶的夕陽餘暉，染紅伯母的側臉。

界雄和後藤穿著制服，但兩手空空，沒帶書包。如果等社團活動結束再來探病，就超過會客時間了。他們是趁個人練習時間偷偷溜出來，得立刻回學校，界雄思考著該怎麼說明。

「我們偷跑來的。」

先在圓椅子坐下的後藤舉起一手，活潑答道。界雄覺得煩惱的自己像個傻瓜。

「偷跑？」伯母睜圓雙眼。她的氣色不錯。

「我們和海蟑螂一樣，從陰暗處沙沙沙地移動到另一個陰暗處，瞞著社團其他人跑來。」

後藤噁心地活動十指，完美模仿海蟑螂，逗笑了伯母。伯母的手伸向床邊的推車問「要不要吃人家送的蛋糕？」，後藤非常不甘心地說「就算沒人發現，練習期間也不可以偷吃東西」。

伯母嘆一口氣，百感交集地重複界雄聽過幾十遍的話：

「沒想到平藏會是我的救命恩人……」

伯母被診斷出胃癌。

幸好還在初期，不必擔心轉移，只需內視鏡手術就能治療，聽說一星期左右便能出院。

醫生表示，胃癌初期幾乎沒有症狀，很難早期發現。不過早期發現胃癌的病例中，不少人傾訴胃部不適。

而胃部的不適，隱約反映在伯母的表情上。

連丈夫和獨子都沒注意到的細微變化，唯獨長年疼惜的愛犬沒疏忽。

具備敏銳推理能力和觀察力的魔鬼平藏的法眼，果然什麼都能識破。

「伯母，我聽界雄說了，眞的可以嗎？」

後藤從圓椅探出上半身，一臉嚴肅地問。

「當然。等我出院，就把柯基送來吧。我會好好照顧牠。」

「謝、謝、謝、謝謝伯母！」

後藤感激萬分，界雄按住她的頭，彷彿在提醒她要再有誠意一點。

界雄明白伯母改變心意的理由。狗的壽命比人類更短，若是養狗，將無可避免地要爲牠們送終。但伯母年紀大了，並非完全不可能拋下現在養的狗離世，一想到這裡，她實在無法下定決心養新的狗。

然而，經過這次的事，伯母改變想法。人與狗以生命的光輝照亮彼此活下去，她似乎再也不感到遲疑。多虧平藏，感覺往後的日子還久得很，況且我得幫兒子找老婆——伯母在電話中開心地說。

「那麼，伯母，等妳手術結束，我們再來探望。下次我們會乖乖帶禮物來看妳！」

後藤起身，活力十足地道別。

「不用啦，光是有年輕人來看我，我就非常開心了。」

「眞的嗎？實在不好意思。」

快點走——界雄輕推後藤的背。

兩人離開醫院，急忙返回學校。

染成橘紅色的天空中，大批灰椋鳥描繪出精細剪紙畫般的花紋。必須趁著管樂社的夥伴尚未誤會以前，跟他們會合才行。「平藏眞的好厲害！」「我超感動！」後藤讚嘆著，興奮不已。

狗只看得到眼前的狀況，界雄覺得這是很棒的能力。若是應用在解決人的問題上，就是排除眼前發生的事實以外的旁枝末節，比如過去的往事、風評等等。平藏這種公正無私的觀點，救了伯母一命。

「是啊，我們得效法平藏。」

界雄想下個感動的結論，後藤的反應卻令人意外：

「沒辦法。」

「咦？」

「做不到的。」

看到後藤居然如此輕易放棄，界雄感到抗拒：

「怎會做不到？」

「當然做不到，因爲……」

後藤停下腳步，掏出手機開始操作。她似乎在搜尋什麼，接著把顯示的畫面轉向界雄，說一聲「拿去」，塞給他後，逕自往前走。

界雄接過手機，皺著眉看螢幕，只見上面顯示以下訊息：

嗅癌犬。狗的嗅覺是人類的十萬倍以上。人類的嗅覺細胞約有五百萬個，狗的嗅覺細胞則多達二億個左右。爲數稀少的一些狗，可從病患呼吸中的細微氣味，分辨出胃癌、肺癌、乳癌等十八種癌症，準確率將近百分之百，連X光片難以辨識的極小癌症腫瘤也能發現。不過，現階段尙無法分析出散發此類氣味的化學物質，算是只屬於狗的特異功能——

環境世界……日常與非日常的境界線宛如熱氣，搖晃起來。界雄移開智慧型手機的畫面，揉了好幾下眼睛。

他注視著腳步輕盈的後藤背影。

或許眞的贏不過這傢伙。界雄忍不住想罵人，嘴巴卻情不自禁笑開。畢竟託她的福，這幾天擁有在學校和社團都無法得到的奇妙體驗。

# 奇妙的重逢

芹澤直子×片桐圭介

國中的時候，有個管樂社的女生請我協助演奏。那個女生小我兩年級，等於是一年級的她，親自來邀三年級的我。不妨想像一下小學剛畢業的十二、三歲女生，與即將考高中的十五歲女生之間的差距。我對她的第一印象是：眞有膽。

根據她的說法，吹奏高音單簧管的學姊在搬運樂器的時候跌倒，用來按顫音鍵的手指龜裂骨折。害學姊跌倒的遠因，似乎就是不願多談的她。高音單簧管是明星樂器，我問她社團裡沒人可遞補嗎？她深深垂下頭，表示社團人數不足。

她吹的是小號。小號是可將有如蚊子叫的嘴唇振動音，憑著一根約一公尺三十多公分的管子，轉變成鋼鐵般咆哮的樂器。

一動念便立刻採取行動的魯莽，以及熱情。甚至跳過管樂社的社長或中間人，親自拚命尋找遞補者的態度。在某種意義上，這些與具備強烈個體專業意識的音樂大學學生的思考模式是一致的。那是我期望在四年後變成的模樣。她決堤似地傾訴起來。雖然不曉得她是在哪裡聽聞，但她說很尊敬我。現在她非常熱愛小號，想永遠吹奏下去，也想學習專門知識。看著她熱情、有時單方面說個不停的表情，那眼神完全就是不畏虎的初生之犢。

我沒有反彈她的眼神的力量，撇開臉拒絕了。

她鍥而不捨，我冷漠地敷衍。她遲遲不肯放棄，不願空手而歸的態度，愈來愈適合當一名音樂家。終於，用盡一切說服的她悄然垮肩，吐露一句在我聽來太多餘的話：

唉，我沒有音樂天分，也說不出什麼深奧的話，根本沒資格拜託學姊……

對方是個才國一的小女生，爲什麼我不能聽過就算了呢？爲什麼要跟她認眞？回過神時，我已抓住她的肩膀，激動大喊：

我最痛恨滿不在乎地說什麼天分、深奧的人！

首先，這世上才沒有所謂深奧的道理。

如果認爲有，是妳的腦袋理解力太差，妳要知恥！

「天分」這個字眼，或許很多人用在藝術方面，但那是與生俱來的，是後天無可改變的遺傳問題！

彼此稱讚遺傳好，對正在努力的我們毫無意義。妳不妨向牙牙學語的小嬰兒說，因爲小嬰兒會咿咿呀呀地用本能的反應回答妳，無法互相理解也無所謂。

有職業人士在訪談中說，如果在親自動手實踐前，感覺能找到一些簡單易懂的答案，都是先入爲主的想法，或是偏見罷了。唯有不受這些東西迷惑的人，才有資格相信自己的夢想。

不好，我怎麼對人家說起這種話……？我赫然驚覺，連忙收起一臉凶相，但為時已晚。那女生淚如雨下，哭哭啼啼地離開。

每當想起這件往事，我總是臉紅不已。我在班上沒有聊天的對象，把單簧管老師告訴我，悶在腦袋裡不斷發酵的話，現學現賣、毫不留情地向童稚天真的學妹傾吐。她一點過錯都沒有。國一的我跟她一樣，沒想到短短兩年，我居然變得這麼多，到底是多急躁？

沉浸在後悔中無濟於事，我試著分析。

從小學音樂的人，請老師一對一指導是理所當然，因此言行會比較成熟。再加上一般情況下，上課時間大半都在挨罵，除非積極面對老師的指導，否則實在無法繼續待在這個世界。在從未挨過父母責罵的人眼中，想必頗為匪夷所思。這麼痛苦，有必要忍耐嗎？這樣的質疑情有可原。雖然有些人因個性不合放棄音樂，或頻繁更換老師，但不論好壞，古典樂的世界都非常因循守舊，並且往後必須和任何人都能配合演奏，如果不趁早經驗，到時候便得付出代價。這代價似乎不容小覷。

音樂藝術是個性與個性的衝撞。由於對排擠和中傷已有耐受力，一不小心就會要求對方跟自己一樣堅強。

當然，並非每個人都是如此，但我從以前就是這樣的人。

我向國一的少女吐露心聲。這與年紀無關，當時我希望她可以瞭解。因爲這是個會有天才小學生來參加世界頂尖大師班的苦難世界。

後來歷經許多波折，我在南高管樂社找到一席之地，加入其中。現在的我，會對她說些什麼？——如今我變得如此謙卑，會成天想著這種事了。

## 1

別以爲父母和錢永遠都會在身邊。

上条春太

芹澤直子特徵十足的細長眼睥望著貼在社辦牆上的紙。上面以自來水毛筆留下漂亮的字跡，用圖釘悄悄地釘在一堆獎狀和照片裡。之前芹澤看到上条在思考社團的口號，隨口丟出一句「幫我想一個」，希望能隨時鞭策自己，不流於妥協。

最後上条就是給出這個口號，惡狠狠刺進她最不希望別人觸碰的地方。

眞是……

她的鼻子微微擠出皺紋，不太高興。這句話讓她想起，今早爲了畢業出路和父親爭吵的事。

「這個月也好厭世。」

後藤站在旁邊一起看著。後藤是少數敢向芹澤輕鬆攀談的寶貴學妹，芹澤以爲這是在說她，嚇一跳。

「咦，什麼叫『這個月也』？」

「上個月是『男人只有兩種，懦弱的男人，和懦弱到不行的男人』，似乎是一個叫河上什麼的人（註）的名言。」

芹澤內心的悸動平息下來，「這、這樣喔……」

「上上個月好像是『想求教生物社的烏龜，在這個艱困世道活下去的祕訣』。」

那傢伙根本只是隨手寫下自身的苦惱吧？

「我懂了，那傢伙是白痴。」

「我想應該跟平常一樣，成島學姊馬上就會撕下來。」

後藤在長桌鋪上毛巾，把低音長號擺在上面，吹嘴對著自己。她以吹口管緣、喇叭口緣、主調音管支撐，避免重量壓在纖細的拉管上，調整成隨時都可拿取的狀態，再打開盒子。這麼一提，今天的練習中，界雄的定音鼓和後藤的低音長號不光是悅耳，也十分賞心悅目。

星期六的社團活動在下午四點結束。整個上午都花在基礎練習上，中午隔了一小時的休息時間，合奏完畢後解散。三年級生已退出，社員剩二十六名，但顧問草壁老師認爲，這個人數可仔細聽清楚每一個人的音色。在老師細膩的指導下，人少反倒變成南高管樂社的優勢。

芹澤將單簧管收進盒子後，尋找穗村。平常穗村總是幾乎要擒抱上來般邀芹澤一起回家，今天練習結束卻不見蹤影。

出去走廊一看，成島和馬倫走過來，芹澤叫住他們。

「穗村同學呢？」

成島眼鏡底下的雙眼眨兩、三下：「剛才跟上条同學一起，被地科研究社的人抓走

---

註：指河上和雄（一九三三～二〇一五），日本的檢察官、律師、法學家。在日本電視台節目《真相報導》（真相報道バンキシャ！）裡擔任評論員。

了。」

芹澤想起地科研究社的社長，率領一群原本是家裡蹲的學生的麻生。麻生那張有些冷峻的美貌，吸引部分男生成爲近似崇拜者的粉絲。坦白講，芹澤不太喜歡她。

「界雄呢？」

這次換馬倫回望後方，答道：

「檜山同學還在音樂教室，跟美民（美國民謠俱樂部的簡稱，其實是重搖滾及重金屬同好會。成員目前全部身兼管樂社）的人在一起。」

芹澤覺得不好打擾男生們聊天，低下頭說：「這樣啊……」

「要不要一起回家？」

成島邀約，但芹澤恭敬推辭。

直到不久前，她都是一匹孤狼。與夥伴一同經歷憧憬、哀傷、喜悅、痛苦——她害怕過度習慣與眾人共享這樣的陶醉。

偶爾一個人回家吧！芹澤在樓梯口換好鞋子，走向停車場，接著解開自行車鎖，踢開腳架。

時節已入秋。太陽下山得愈來愈早，芹澤踩著踏板，望向即將染上淡淡暮色的住家和路樹。

加入管樂社後，她仍以星期一的鋼琴課和星期二的單簧管課爲優先。鋼琴一對一課程最近剛換老師，今天是晚上七點開始，因此中間有一段不長不短的空檔。

芹澤想了想，將自行車掉頭。她用力踩踏板，朝鎮上的商店街前進。穗村往往練到累癱，卻老是跑去商店街閒晃，還發現一家很少人知道的厲害樂器行。芹澤有點羨慕她這樣的冒險。

當然，加入管樂社本身就是一場大冒險。社團的管樂訓練在報考音大方面沒什麼幫助，雖然大家都對她的社團活動表示包容，說她可以在比賽前參加就好，但芹澤想盡量參與。

草壁老師曾告訴她，不論是目不斜視朝向音樂之路邁進，還是自我鑽研，都值得尊敬，但許多人過度執著於音樂，落入窮途末路。在某種意義上，追逐夢想是在自己的計算中。總有一天，計算會變成算計，終至破滅。妳應該把有限的時間用來摸索人生，而這個人生不是拋棄音樂，也不是在音樂之路上挫敗。

「意思是，要我放棄成爲職業音樂家嗎？」

「不是。」

「老師，那我該怎麼做才好？」

「妳應當趁現在開拓眼界。我認爲妳選擇公立高中是對的。」

「我……不太懂。」

「妳要記住，有時候，總是在一起的人，會在某一天突然消失。」

「咦？」

「以爲天經地義的現實，難保不會突然天翻地覆。」

「……」

「如果有一天，妳的慣用手不能動，而妳有知識、口才佳，就能改行當教師或學者。我認識的音樂家，有的轉換跑道，變成舞台監督和作曲家。他們絕非在音樂之路上挫敗，因爲他們依然身處於音樂的世界。」

草壁老師給了芹澤從未讀過的領域的書籍。他說在任何世界都是如此，只知熱血蠻幹的英雄主義是十分危險。只想抄捷徑，會失去想像力；但一直繞遠路，會失去目標。希望她能找到平衡，去感受往後的人生重要的那一面。學校就是學習這件事的地方。

芹澤以額頭承受舒爽的風，踩著自行車踏板。

不知不覺間，她哼起喜歡的曲子。

在路肩寬闊的縣道輕鬆悠閒地騎著。進入複雜的巷道後，沒附庭院的雙層連棟小住宅櫛比鱗次，其中有一家在管樂社裡蔚為話題的寢具行，長達十年都在倒店大拍賣。芹澤忍不住噗哧一笑。

她和一輛幾乎占滿狹小巷弄、直開進來的卡車擦身而過。開車的是界雄的父親，芹澤點頭打招呼。只見車身有被人拿硬幣刮出的傷痕。

太陽西斜，行人變少的馬路另一頭，有一家陰暗的小店。雖然是平房，但外觀是街上常見的住家兼店鋪。外觀極為滄桑，彷彿歷經數十年的歲月，芹澤煞住自行車。店頭擺著自動販賣機、冰品展示櫃和扭蛋機，店內雜亂地陳列著各種糖果。

她的目光受關東煮的廣告旗吸引。

那家是什麼店……？

還不到冬天，街上各處卻已賣起關東煮。穗村和界雄一聊到關東煮就停不下來，他們小時候都吃關東煮當點心。吃關東煮當點心？芹澤不懂怎會有人這麼做。他們說，高湯是黑色的，而且沾著味噌醬吃，不必擔心衛生問題或是從什麼時候開始煮的。芹澤覺得要是樂活族的有機食物支持者聽見這番話，恐怕會暈倒。

店裡傳來「咚」、「鏘」等巨大的聲響，芹澤皺起眉。她踢下自行車腳架，鎖好車後，踏進小巧的店內。她環顧一圈，塑膠容器裡塞滿貼有二十圓或三十圓標價的糖果、彈珠汽水和口香糖，每一種看起來都有害健康。不過，應該是吃這些東西長大的穗村，卻是個健康寶寶。

空氣中的濕氣頗重，沒半個客人。

仰望垂掛的燈泡，沒點亮。

芹澤正在納悶，像是代替櫃檯的展示櫃後方，無聲無息地冒出一個人影。那是白髮蓬頭、淡眉又三白眼的老婆婆，頭頂到雙眸之間的空白感令人印象深刻。老婆婆穿著淡褐色的裙子，撫摸脖頸一帶。

芹澤內心有些驚恐，問道：「呃，請問有關東煮嗎？」

老婆婆沒反應。

約莫是重聽。芹澤提高音量，重問一次。

老婆婆默默伸出骨節分明的手，指著外頭。要打烊了嗎？芹澤正要放棄，準備離開，忽然發現前方有個附木蓋的方型鍋子，旁邊擺著一疊紙杯和紙盤。

老婆婆是在指這個嗎？芹澤望向骯髒的告示。

關東煮三守則：

一、以串計價。一串六十圓。

二、撈了雞蛋要主動告知。

三、味噌醬只能沾一次。

紙張看來貼了很久，仔細辨認都快褪光的文字，似乎在解說那是連二戰空襲時都帶著逃走的祕傳高湯配方。「還有比搶救高湯更重要的事吧？」這樣的吐槽在她腦中浮現又消失。

芹澤一陣猶豫，肚子竟咕嚕響起，害她臉紅。於是，她走近方鍋，打開木蓋，水滴淌落下來，隔板之間塞滿一串串關東煮。從顏色來看，似乎完全入味，但她預感可能煮過頭，味道繞了一圈，進入新境界。最重要的是，居然有魚肉香腸，她頗為驚訝。

她挑選感覺不會吃壞肚子的料，拿起竹輪、蒟蒻、魚肉香腸放到紙盤上。鍋子裡有個小陶壺，盛滿疑似味噌醬的液體。

店門口有長椅，芹澤坐下，確定沒行人後，抓著竹籤吃了起來。高湯的顏色濃郁，她以爲會很鹹，沒想到料十分柔軟，淡淡的甜味在舌頭上擴散。她咬一口沾上味噌醬的部分，滋味更濃甜，升起一股溫暖全身的幸福感。

芹澤默默吃著。挺美味的，或許可拿來當成明天社團活動的話題。反正她不想見到吵架冷戰的的父親，乾脆晚餐就地解決。於是，她又拿了魚板和黑色魚糕、油豆腐，還狠下心撈第二顆蛋。

噗嗝……！不小心勉強吃太多，芹澤拿面紙擦擦嘴巴。她整理好紙盤上的竹籤，方便算錢，接著走向老婆婆。

「多謝招待。」

由於毫無反應，芹澤望向老婆婆，只見老婆婆臭著一張臉。咦，她在生氣嗎？難道我是在打烊前上門的不速之客？芹澤想快點結帳離開，說明撈了蛋後，打開錢包，但沒零錢，只剩下一張萬圓大鈔。

「啊，不好意思，我沒有零、零錢……」

芹澤提心吊擔地遞出萬圓鈔票，老婆婆居然嘖一聲，嚇了她一跳。老婆婆語調平板地說了什麼，捏著萬圓鈔票，蹣跚走出去。大概是找不開，要去換錢，芹澤覺得做了很糟糕的事，坐在展示櫃旁的圓椅，身體縮得小小的。

然而，不管再怎麼等，老婆婆都沒回來。

## 2

芹澤困在柑仔店，一個小時過去。

「阿姨、阿姨！我要這個！」

你們沒看到我身上的制服嗎？芹澤正與來到店裡的小學低年級男生周旋。他們緊捏著快被汗水融化的百圓銅板，誤把她當成店員，怎麼也不肯離開。我不像客人之一嗎？眞是傷透腦筋。但老婆婆是爲她丟下店面，而且她希望這些小學生在天黑前回家。可是，即使想替老婆婆做生意，也沒看到疑似收銀機的東西，只有一副老舊的算盤。

那個啦、那個！小男生們同時指向架子上的餅乾罐。芹澤搬下看起來很沉重的罐子，打開快生鏽的蓋子。大量的棒球卡當中，摻雜著帳簿、零錢及六張鈔票。這樣就足夠結帳。芹澤立刻用手機的計算機功能加上消費稅，引來小男生們噓聲連連。老婆婆似乎都不收消費稅。當然，芹澤並不曉得營業額一千萬圓以下的自雇業者，可免除消費稅的繳納義務。

總算打發小男生們離開，芹澤在圓椅坐下。

呼……

芹澤慢吞吞地看了看手表，就快晚上六點半。她擔心趕不上鋼琴課，但也許是待在陰暗店內的緣故，腦袋漸漸被朦朧的睡意籠罩，宛如慢慢滾下平緩的坡道。

爲了報考音大，單簧管的練習不必說，還要學習專業基礎，像是鋼琴、唱名或樂理等等，分量相當於一本辭典。除此之外，她又參加管樂社的活動，或許其實她相當疲倦了。

芹澤昏昏沉沉地打著盹，在分不清夢與現實的境界之間徬徨。耽溺在短暫的白日夢，是她從小自娛的遊戲之一。倘使沒有青梅竹馬界雄，她早就徹底被孤立。

剛開始學單簧管時，她曾因影印樂譜，被老師賞一巴掌。理由是撇開智慧財產權不談，如果不是以書本的形式持有，樂譜遲早會四散遺失。若追根究柢地發問、鍥而不捨地探究不懂的地方，會惹來老師的厭惡。即使幸運遇到值得尊敬的演奏家、眞正的音樂家，他們也不會收可能威脅自身地位的學生爲徒，遑論傾囊相授。

「喂……」

爲什麼呢？回憶像是在某個國家的遙遠過去。

「……喂喂？」

真奇妙。最近她睡得很熟，但一個人的時候，寂寞便深深滲透到身體每一個細胞裡。

「喂，芹澤？妳怎麼啦？一副快哭的樣子。糖果掉到地上了嗎？」

調侃的話聲把她從白日夢中拉回現實。不知不覺間，她迷失了自己，搞不清身在何處。空氣不愉快地攪動，她感覺到一股氣息，坐在圓椅上抬起頭。

發現站在前面的是管樂社的前社長片桐圭介時，芹澤像野貓一樣機敏地戒備起來。自從文化祭以後，這是他們第一次見面。眼前的對象，是芹澤盡量不想見到的南高學生之一。片桐一身便服，搭著肩背包，握著印有Cheerio字樣的瓶裝果汁。

「片、片桐社長。」芹澤的話聲走調了半音。

「喂喂喂，別這樣叫我。我不再是社長，叫我學長就好。」

「學……」芹澤說到一半，忽然一陣不甘心，連忙從書包裡挖出老舊的辭典翻查。

「根據《新明解國語辭典》的狹義解釋，前輩（學長姊）是尊稱在同一個領域留下傑出實績的人……」

「換成別的學長姊，一定會被妳這番話氣死。」

「片桐學長。」

片桐露出嫌惡的表情說：「嗯，從今天起，聽到這稱呼我再也不會開心了。」

「你怎麼在這裡？」

「來買東西。從圖書館回家，順道過來。」

「圖書館？」

「我去念書啦。」

「念書？」

「我是考生啦。」

「咦，你要考大學嗎？」芹澤一直以為這個人的出路，只有在荒廢的通貨緊縮世界裡當流浪藝人。

「芹澤，就是那種眼神。到我這樣的境界，只要看眼神，便明白妳想說什麼。看來我跟妳，還是得在畢業前做個了斷。」

「……」

「妳剛才咂舌吧？」

片桐沒理會芹澤的挑釁，探頭看展示櫃後面，大喊：「阿姨！」芹澤知道他是要買果汁。

「欸，阿姨？」

「把她當成老人家，她會生氣。雖然八十多歲，但她每年都參加市民運動會，搞得相關人員膽戰心驚。喏，妳看那個。」

芹澤順著片桐指的方向望去，牆上用圖釘釘著一張陳舊的書法紙，以毛筆寫上一行字：

「人不是自己變成老人，而是被周圍的人變成老人。」

又來了。今天一直看到這種莫名誇張的標語，芹澤一臉苦澀。她忍不住懷疑，這會不會是不祥的前兆，或是暗喻？

她仔細閱讀那段文字。在心裡如此希望是個人的自由，但堅持自己還不是老人，不是會造成社會的停滯和麻煩嗎？

「老婆婆不在……」

「怎會不在？」

芹澤說明困在柑仔店的理由。妳居然掏出萬圓鈔票？片桐目瞪口呆，芹澤一陣不快。片桐從錢包掏出零錢，放到展示櫃上，小口小口喝起瓶裝果汁。綠色液體在瓶子裡滾動著。

「孩子們怎會以爲我是顧店的？」

在陰沉又陰鬱的店裡縮得小小的芹澤自言自語。

「因爲二年級的麻生成天泡在這裡吧。地科研究社的社員也都勤勞地輪流來幫忙阿姨。」

又是麻生和她的夥伴？那群人在尋找安身立命之處這方面，倒是特別有才能。

「應該到打烊時間了吧？」

「平常的話還沒有。阿姨一個人住在這裡，店都開到滿晚的。」

「這樣喔。」

「怎麼不開個燈？」片桐含著瓶口問。

「可以隨便開燈嗎？老婆婆特地……」

「特地？」

「我以爲是在節約用電。」

「只是小氣啦。」

片桐找到電燈開關，擅自打開。店裡閃爍了幾下，燈泡的亮光擴散。

從片桐一連串的行動來看，他是常客，絕不會錯。既然知道這一點，事情就簡單許多。

「可以麻煩你顧店，替我拿回找錢嗎？星期一我在學校跟你領。」

芹澤從圓椅上站起，收拾東西就要離開。「等一下。」片桐從背後扯住她的制服衣領，害她發出「咕噎」的呻吟。居然受到跟穗村同等的粗暴對待，她回頭一看，片桐似乎有些生氣。

「不管對方是學長或朋友，都不能隨便請人保管錢。況且，這麼一大筆錢，萬一我搞丟怎麼辦？」

「片桐學長不會出那種紕漏。」

「我就算了，假如是穗村或成島，妳也會要她們做一樣的事嗎？」

芹澤想起兩人，垮下肩膀，垂頭喪氣地坐回圓椅。她覺得好像被片桐訓一頓，教授她一生受用的金錢觀，有些懊惱。

她像斷了莖的向日葵般深深垂著頭，怨恨地喃喃：「我要上鋼琴課……」

「鋼琴課？幾點開始？」片桐有點嫌麻煩地從袖口伸出手表。

「七點。」

「來得及嗎？」

「現在不走就來不及了。」

傳來一陣嘆息，接著是無情的話聲：「遇上這種狀況，請假一天比較好吧？」

無可奈何，芹澤從書包取出手機聯絡。明明老師看不見，她卻抓著手機不停行禮賠罪。硬是請老師擇日補課，直到掛斷電話前一刻，她都道歉個沒完。

片桐驚愕地看著她那副只差沒跪下磕頭的模樣。

「鋼琴是音大考試的副科吧？取消一天都不行嗎？」

「你眞是不懂，這關係到替我上課的老師的收入啊。」

「……」

「咦，什麼？我似乎聽到有人咂舌？」

「妳們這些立志成爲音樂家的人，連這一點都要顧慮嗎？」

芹澤覺得片桐是在責怪「那一定很累」、「會老得很快」，鼓起臉頰，把咒罵的排檔往上打：

「你這個世紀大爛貨，一秒內給我滾！」

不小心打到最大檔。哪有劈頭就叫人滾的？芹澤轉念，乾咳一下，降一檔：

「你這隻豬，給我跪下！」

好像也沒什麼差，芹澤再降兩檔左右：

「你、你要在這裡賴到什麼時候？」

片桐重重地、深深地嘆一口氣，彷彿總算在森林裡遇到語言相通的人類。他把喝光的果汁瓶放在展示櫃上，撐起一隻手肘，說了起來：

「其實，過來的路上，我聽到商店街的大嬸講出奇怪的事。」

「奇怪的事？」

「這幾天，發生數起保險箱遭到破壞的案件。」

保險箱遭到破壞？一般滑稽的感受靜靜湧上心頭。是卡通《魯邦三世》裡，怪盜魯邦對同夥次元說「次元，打開了！」的那種場面嗎？又不是卡通或電影，未免太可笑。何況……

「這樣說雖然有點毒，不過這種店，怎麼可能會有引人覬覦的保險箱？」

這是獨斷與偏見。不過，事實上老婆婆連萬圓鈔票都找不開。

「我提到的保險箱，跟妳想的保險箱應該不一樣吧。」

聽到片桐的話，芹澤的眉宇間滲透出凶狠：「怎麼不一樣？」

「那我問妳，保險箱的定義是什麼？」

想都不必想，芹澤即答：「裝錢的鐵箱，當然有鎖。」

「唔，大致沒錯。這種裝錢的堅固鐵箱，全日本到處都有，還受風吹雨打，沒人在旁邊看守，也沒受到監視——」

聽起來像腦筋急轉彎。到處都是保險箱？日本何時變成這樣？芹澤反覆思索依舊不懂，時間分秒過去，片桐忽然指向外面，彷彿在宣告時間到。店頭擺著自動販賣機。

「再見。」他轉身就要離去，芹澤急忙抓住他的衣服挽留：

「等一下、等一下、等一下！」

「幹麼？」

「為何不直接說是破壞自動販賣機？」

「我也這樣吐槽商店街的大嬸們。」

「討厭！」芹澤臉色蒼白，「那不是眞的很危險嗎？」

片桐回頭，任由衣服被拉扯，交抱起雙臂：

「我想通知一下從小光顧的柑仔店阿姨，才會過來瞧瞧。過來的途中，我打電話給發明社的荻本，他說只要更換警報器的1號電池，便有很大的預防作用。大部分的自動販賣機，電池從沒更換過，任其腐蝕……不過，既然阿姨不在，也沒辦法。妳替我轉告阿姨吧。」

「萬一我忘記怎麼辦？」

「妳才不會出那種紕漏。」

片桐看起來非常樂在其中。可惡……芹澤幾乎要在喉嚨深處呻吟起來。片桐願意留下，芹澤鬆一口氣，但也恨得牙癢癢。一股不明所以的煩躁，讓她有股衝動，想像野生動物一樣，咬破眼前這傢伙的喉嚨。

片桐不曉得從哪裡拖來另一張圓椅，從肩背包取出筆記本和筆盒。芹澤見狀，身軀後縮，一臉提防。

「你、你要幹麼？」

「這是個好機會。我有事想問妳，就當消磨時間吧。」

「問我？我才不要。」

「那我走了。」

「我要當場劈開你的腦袋瓜，趴在你身上一起死！」

「幹麼！妳發什麼神經！」片桐發出近乎哀號的尖叫。「是我身邊有人想報考音大，想問妳一下當參考而已！」

芹澤重新坐正，小心翼翼地問：「是學弟妹嗎？」

「才國三。」

瞬間，芹澤有一股不好的預感，但或許是她多心。

有些人擺出學長姊的派頭，指導學弟妹如何備考，最後自己卻音大落榜，反倒是學弟妹考上。要是那樣可就遜到家。

芹澤猶豫了一下，但她不想落單，決定奉陪片桐。當成別人的事，不去共鳴、同情，便能輕鬆應付。就當打發老婆婆回來前的時間吧，絕不能讓片桐跑掉。

## 3

芹澤困在柑仔店，兩個小時過去。

片桐用手指轉著自動筆，而芹澤的膝上擺有五根片桐買給她的好吃棒，活像供品。

「首先，是剛才提到的鋼琴問題。」

「鋼琴問題？」片桐劈頭就提了個大問題，芹澤心裡一驚。

「就算報考鋼琴系以外的科系，也要考鋼琴吧？」

「從這裡問起？」芹澤嚇一跳。「這不是廢話嗎？鋼琴是所有主修的基礎。」

「那傢伙連這種理所當然的事情都不懂啊。唔，或者說，她無法理解這一點。」

片桐一副傷腦筋的表情。那傢伙從小學就有一搭沒一搭地學鋼琴，但沒有絕對音感，想也知道一定會很辛苦……他不禁嘆息。

啊，原來如此——芹澤理解問題的要旨，在腦中組織該提供的建議。不過，這並不容易。

「唔……要成為演奏家，其實不需要絕對音感。」

「咦，是嗎？」

「絕對音感是聽到救護車的警笛聲，可以當場說出『那是Si So Si So』的能力。」

「確實……那根本是怪胎的特殊能力。」

「『怪胎』是多餘的。不過，只要知道基準的音就夠了。」

「可是，要找出那基準的音很難吧？」

片桐似乎是以管樂器在想像。沒錯，這確實相當依賴演奏者的直覺。

「我曾在體育館幫忙一年級調音，對吧？」

「嗯。」

「那時候我用的是什麼？」

片洞的表情浮現理解之色：「鋼琴。」

「對。鋼琴只要按下琴鍵，隨時都能發出相同的音高，是很方便的樂器，所以音樂家都必須學鋼琴。比起絕對音感，絕對音高更重要。而且，鋼琴是可同時表現出音樂三要素——旋律、節奏、和音的萬能樂器。家裡有鋼琴，容易培養出音樂家。我覺得在樂器裡，鋼琴是特別的。」

芹澤像在教導愚笨的學生般解釋，片桐順從地點頭寫筆記。芹澤覺得心裡痛快了些，啃起明太子口味的好吃棒。這是她私底下目擊到上条和界雄拿美工刀直切成兩半、分著吃的零食。令人上癮的美味，她驚訝不已。

片桐繼續發問：「那麼，下一個是考高中的問題。」

「考高中的問題……」問題怎麼都這麼大？芹澤咀嚼著好吃棒，露出催促下文的眼神。

「喏，全國不是有些高中設置音樂藝術系，或是有音樂系的專門學校嗎？」

「是啊。」

「要上音大，進這些地方會是捷徑嗎？」

「如果打算住校或外宿，應該會是捷徑……」那些地方的環境，讓學生一天起碼可練習演奏六小時以上，對於上音大理當有幫助。

「以一般情況來說，我可以瞭解，但既然如此，妳爲什麼不去那些地方？」

芹澤垂下眼，彷彿關上祕密之門：「南高離我家很近，只是這樣而已。」

「妳撒謊。」

芹澤睜開眼。爲何她非得讓這種人看透心思不可？簡直形同被看見裸體。她橫眉豎目地反問：「我撒謊……？」

「我想知道的，是妳發自眞心的建議。」

「所以我說那些地方值得去讀啊。環境很棒，也會有優秀的老師指導，還能認識目標相同的夥伴，而且那些夥伴的水準和心態都非同一般。」芹澤急促地說。

「所以我更不懂妳不去那些地方的理由。」

芹澤不禁沉默。瞬間，她覺得那個想進音大的人的形影，朦朧重疊在片桐身後。她停頓一下，嘆一口氣。今天的她不太正常，居然想對眼前這個無關緊要的靈長類，吐露連對界雄、穗村或成島都沒說過的話。

「因爲我害怕。」

「害怕？」

「秀才的墓園。」

「咦？」

「蔬果只要放進去醃，就再也沒辦法變回新鮮的狀態。」

芹澤並未明說，她才不想被理解。片桐眨著眼注視芹澤。「雖然是隱隱約約……但我大概懂了。」他放低聲音，在筆記本上寫著。那模樣非常認真，一字一句都不肯放過地寫下來。

芹澤靜靜等待，不久後片桐抬頭：

「最好不要問一些技術問題，是吧？」

「問我是找錯對象。況且，那不是能轉述的內容，應該從適當的指導者身上學習。」

「那關於毅力論還是精神論，怎麼說……」

「你是指持續的訣竅？」

「對、對、對。」片桐起勁地應道。「怎樣才能避免挫折？」

「不久前我鼓起勇氣，生平第一次踏進麥當勞，看到隔壁桌的高中生情侶互餵薯條，我整個人都挫折了。」

「呃……我不是在問妳有多可悲……」

芹澤露出探詢的眼神：「身邊的人都反對那個人學音樂嗎？」

片桐支吾其詞，所以芹澤不再追問，繼續道：

「告訴對方，變成傻瓜。」

「傻瓜？」片桐十分錯愕。

「現任的鋼琴老師告訴我，有一首老歌，歌詞說與其當個醜陋的聰明人，倒不如當個高潔的傻瓜。比起毫無成就的秀才，倒不如當個有建樹的傻瓜。如果想讓不可能變成可能，除非變成會祈禱世界和平的小學生那樣純粹的傻瓜，否則不可能實現。」

片桐雖然困惑，卻肅穆地沉吟著。「妳的鋼琴老師是何方神聖？」

「南高的畢業生，是個有點怪的人。透過之前的老師介紹，不久前才開始上課。」

礙於聽力的問題，本來的單簧管老師和鋼琴老師都婉拒繼續指導芹澤，當初她深受打擊。

「畢業生啊。」

「嗯。和草壁老師頗像，常談一些和音樂無關的事。他推薦我一本書，植村直己的

《將青春賭在高山上》，我讀過後，覺得非得是這種破天荒的人，才可能成就偉業。梳裡寫著，不管三七二十一，離開日本就是了，要是以不會說英語、不會說法語當藉口推託，一輩子都沒辦法走出日本，我覺得眞的很對。這是我在閱讀過程中，最感同身受的書。」

片桐一板一眼地筆記，應著：「聽起來挺有趣。」

「至於反面教材，則是薇達的《法蘭德斯之犬》（註）。看了這部作品會感動的人，不適合當音樂家或藝術家。我不懂龍龍爲何不把自己的畫用一枚銀幣賣給柯傑茲，明明這一點沒什麼可恥的。」

「妳不懂會爲此垂淚的日本人羞澀的美學。」

「龍龍十五歲了。沒當成畫家，又故作清高，不僅是讓自己不幸，也害身邊的人不幸，最後就這樣死掉（對立志成爲創作者的人的訓誡）。」

「我說妳啊，在龍龍心中，畫是作品，不是商品。不要再繼續苛責那孩子好嗎？（立志成爲創作者的人的血淚說詞）」

「起碼該讓阿忠活下來吧。」

「這我同意。」

兩人感慨良多地嘆氣。

「我現在要說的傻瓜，不是壞的意義上的傻瓜。我喜歡不裝模作樣的傻瓜。就是那種不多想，反正先從能做的事做起的傻瓜。熱情如火、不知何謂疲累、總是興奮無比，讓人一刻都不能錯過的傻瓜，我最喜歡這種人了。」

片桐拿著自動筆的手停住，似乎想到什麼人。

「這麼說來，社團裡有個感覺會眞心祈禱世界和平的傢伙。很想吐槽她：比起世界和平，先吹好妳的長笛吧！」

「嗯。」芹澤眼神含笑，點點頭。「所以，她經常碰到無法解答的問題。遇上難題，她往往會煩惱到沮喪，但身旁的好友總會伸出援手。我非常羨慕。」

片桐慢慢闔上筆記本：「妳變了。」

「咦？」

「妳本來無時無刻都氣憤不平，會質疑那些身陷困境的人，但現在好多了。」

原來在旁人眼中，我是那個樣子？芹澤從以前就會盡量把腦中思考的事情說出口，

---

註：薇達（Ouida）的著作《法蘭德斯之犬》（*A Dog of Flanders*），改編成動畫在台灣上映時，譯名為《龍龍與忠狗》。

因為想法意外地很難傳達給對方。

「幹、幹麼？」

「謝謝，我會轉達小櫻。」

「果然……」

不祥的預感，從談話途中成為確信。片桐櫻，現在仍會變換各種形態，不時出現在夢中的少女。只因片桐是她的哥哥，芹澤便對片桐敬而遠之。

片桐瞪芹澤一眼：「就是被妳罵到哭著跑回家的我妹。」

「等、等一下！」芹澤慌忙在臉前揮手。「你是不是誤會了？她怎麼說我的？」

「妳是指，當時妳對她說的嗎？」

「唔、嗯。」芹澤害臊地扭動身體。雖然是她的黑歷史之一，卻是當下的肺腑之言。即使只有片段，如果片桐櫻能聽進去，變成她後來的血肉，芹澤也算是得償所願。同時，芹澤抱著有淡淡的期盼，希望兩人之間能雨過天晴。

「她說妳吐出『痛恨』、『妳要知恥』，甚至是『咿咿呀呀』之類的鬼話。」

芹澤一手按住額頭，彷彿在忍受頭暈目眩。「呃，我是有說這些啦……」

「妳從以前就是條瘋狗呢。」

再也無法忍受了。芹澤從椅子上站起，反駁片桐：

「你妹小櫻是個連傳話遊戲都不會玩的大白痴吧！」

「妳怎麼說人家妹妹白痴？她在家裡號啕大哭：『哥，拿炸彈給我，我要炸死學姊，然後再去死！』」

「反正，我這個沒用的人只要一開口，就一定會傷害別人！」

芹澤半是自暴自棄地吼回去。

「好啦、好啦，我懂了。喏，妳冷靜點。」

芹澤噘起嘴唇，撿起掉在地板上的好吃棒。她暗暗反省，莫非就是這樣，別人才會覺得她不可愛、討厭她嗎？然後，她抬起眼。還是必須解開橫亙在他們之間的巨大誤會才行。

「片桐學長……」

「什麼事？」

「我說的話，連百分之三都沒傳達給小櫻。」

「我想也是。可是沒辦法，小號那超高音的振動，透過號嘴傳進頭蓋骨，成天攪動腦漿。小櫻的個性會少十根筋，全是小號害的，不是她的錯。」

「你要向全國的小號演奏家道歉。」

芹澤把撿起的好吃棒扔過去，片桐在胸前接住，握著好吃棒，抬起腳往大腿上一拍。只見內容物從包裝袋裡伸出來，他含進口中。那是芹澤打算留著享受的起司口味。

「啊……」她不由得伸出手。

「唔，棉咩嗯嗯（唔，言歸正傳……）」

「不要暴殄天物，吃完再開口好嗎？」

「唔，言歸正傳，雖然是還很久以後的事，不過片桐家的老么夢想著要考上音大。該怎麼辦？」

芹澤依舊一臉怨恨，好不容易振作，重新坐回圓椅。「你父母怎麼說？」

「我爸反對，表示家裡沒這筆錢。爭吵次數增加，對話減少。」

除非是有錢人家的子女，否則這是不可避免的狀況。「這樣啊……」

「家裡只有我一個人贊成。」

「太不負責任了。」

「最近我深有體會，」片桐伸著懶腰，「高中生活似乎比想像中短暫，所以把時間花在喜歡的事物上，不是比較健康嗎？」最後他沉重地補上一句：「雖然路途恐怕會十分艱辛。」

芹澤既未肯定，也沒否定。音樂之路有多辛苦，她從認識的職業演奏家那裡聽到數不清的經驗。即使夢想幸運成眞，仍是一條荊棘之路。對方說，即使擁有不可多得的才華，如果不符合時代潮流，也毫無意義。

「她明年要進南高？」

「應該吧。」

「她在國中的管樂社是社長……？」

片桐微微蹙眉，反問：「妳怎麼連這個都知道？」

芹澤一慌，連忙辯解：「之、之前你不是提過？」

「有嗎？」

「有啦、有啦。」她強硬地封殺片桐的疑問。

「欸，好吧。那傢伙在猶豫，上高中後要不要繼續參加管樂社。」

雖然幸運躲開追問，話題卻轉往意想不到的方向，芹澤幾乎要呻吟起來。

「用不著猶豫……」芹澤說到一半，卻無法接下去。管樂使用的大部分樂器，比起獨奏，在合奏的領域需求更大，因此團練是不可或缺的。但如果要深入鑽研音樂，有太多地方必須與指導者一對一學習。連接受過嚴格音樂教育，擁有音樂素養的她，都對加入管樂社感到猶豫。

芹澤垂下目光，腦中瞬間浮現穗村期待片桐的妹妹入社的表情。對不起——她在內心道歉後，再次開口：

「無論如何都想參加社團活動，我推薦練習時間較短的合唱團。」

片桐垂下頭，深深抱緊雙臂。

「果然沒辦法繼續參加管樂社嗎？」

「今年的新生社團介紹，合唱團的成員說了很棒的話。」

「說什麼？」

「合唱是一種對話，探索現在自己口中歌唱的音樂是否優美。在某種意義上，是專注於追求音樂的美意識。合唱不使用樂器，更能直接表現出情感，最重要的是，隨時都有鋼琴陪伴，不會白費力氣。」

「聽妳這麼說，在管樂社一樣能和音樂一起度過充實的時光啊。」

芹澤頓時沉默。與其說是窮於回答，其實是要說的話太清楚明白，她需要時間才能下定決心說出口。

「國中管樂社的意義在於認識樂器，但你也明白，如果認眞要考音大，高中最好不要參加管樂社吧？管樂社的樂譜是不完整的濃縮譜，沒人會總譜視奏，也沒人擁有全面的音樂能力。等第三年的比賽結束再來學習樂器以外的知識，就太遲了。」

芹澤故意使用專有名詞，拉出距離。

「沒辦法兩全其美嗎？」

「如果她想跟從小接受嚴格訓練，不像一般學生一樣遊玩，毫不猶豫地把人生全部奉獻給音樂，不畏懼被周圍的人譏諷是米蟲的眾多現任音樂生，進行直球勝負的話。」

「不管對手是誰，不挑戰怎麼知道結果？」

「南高在比賽的時候選擇柴可夫斯基的曲子，對吧？」

「啊，是的……」

「我見識過比我小兩歲，立志成爲職業單簧管演奏家的學生，應評審要求『表現出俄國貴族悠閒高雅的時光』，當場修正演奏方式。」

片桐坐在圓椅上，微微後仰，瞪大雙眼。

單簧管算是好的，小號還涉及爵士樂，只要踏進去一步，與美裔黑人音樂家之間的壓倒性差距，會令人徹底絕望。

「原來到處都是神人嗎？」

早熟的音樂家有個缺點，就是不曉得該如何努力。但真要這樣比較，會沒完沒了，於是芹澤道歉：「抱歉……我又說得太過火。」

「不，不會。這麼一提，妳本來超討厭管樂社的。」

「嗯。」芹澤坦率承認。「不過，那是我誤會了。」

「誤會？」

「我避著管樂社，其實有別的理由。現在我才能說出口，但那個時候在我眼中，管樂社是最差勁的社團。起碼，當下我對管樂社是這樣的印象。」

聽到「最差勁」這三個字，片桐屏息注視芹澤。芹澤想將內心的膿全部擠乾淨，繼續道：

「我見過幾個高中參加管樂社的人，對社團的記憶都十分模糊，沒人提到快樂的回憶。他們看似團結，畢業後卻從不聚會，彷彿避著彼此，最重要的是，那些人再也不碰樂器。或許我遇到的人恰巧是那種狀況，但我忍不住質疑：這算什麼社團活動？」

默默聆聽的片桐露出沉思的表情，似乎有點語塞，半晌才開口：「唔，管樂強校中，有些畢業生覺得『要是時光能倒轉，絕不會參加什麼管樂社』，但不是每個人都這樣。」

「我知道。」

「從我的角度來看，立志當音樂家的人，很多都是自我意識過剩，會毫無自覺地做出失禮的舉動。」

「別人這麼說我也是沒辦法的事，但不是每個人都會如此。」

「我想也是。」

「嗯。」芹澤明白片桐想表達的意思。

「但有一些人純粹是喜歡音樂，連多餘的繞路也樂在其中。」

「眞的……」芹澤垂下頭。從今年春天開始，她覺得長年一直在內心搏鬥的事物，慢慢融化流出。

「我個人很滿足。往後這輩子，小號的音色應該都會是我生命中的一部分。」

「嗯……」和片桐談過後，她沉重的心情似乎減輕幾分。

「半年。」

「咦？」芹澤抬頭。

「等妳升上三年級，可以替我照顧小櫻嗎？看著她的背影就好，拜託妳了。」

聽到「拜託」，理解其中的意義後，芹澤困惑地問：「我嗎？」

「對馬倫或成島來說，負擔太大了。妳是最適合的人選。如同我在這裡遇到妳，她在那時候遇到妳，也是她的幸運。」

話題轉往意外的方向。不，是不是從一開始，片桐就只是想將畢業後唯一的牽掛——他的小妹託付給我？

魔術般的發展，芹澤不由得感到驚奇。

片桐雙手扶膝，深深低頭行禮。

不要這樣啦。芹澤半晌無法回話，一段漫長的沉默後，總算能夠開口：

「就算……最後必須放棄夢想也無所謂嗎？」

「那是她自己的問題了。即使最後得放棄，起碼也是個值得拚命後再放棄的夢想。我十五歲的時候，根本沒什麼夢想。」

或許她對這個人有不少誤會。

芹澤懷著滿滿的收穫，筆直回視片桐。

「她知道我在南高的管樂社嗎……？」

「應該不知道。我沒告訴她，也不打算告訴她。因爲一定會很恐怖。」

看著愉快說著的片桐，芹澤直眨眼問：「很恐怖？」

「有什麼辦法？光是聽到妳的名字，她就會哇哇哭叫。」

「你幹麼讓她入學後才受驚嚇！」

「炸彈處理班裡有穗村，不會有事！我都計算好了！」

芹澤幽幽地從圓椅站起，揪住片桐的衣領，狠狠一拉。「喂，揭開謎底一看，原來你只是想把麻煩精妹妹塞給我？嗯，你要不要去死一死？你希望老二被職員室的碎紙機碎掉嗎？爲了提供大家娛樂，你痛苦地死掉比較有貢獻吧？」

「芹澤大人……老二被碎紙機碎掉很可怕耶。」片桐立刻擺出溫馴的姿態，硬生生嚥下一口口水。

「把我認眞回答的時間還來！現在！立刻！」

「欸，我不懂妳在說什麼？」

可惡！不行。跟這個抹了油的蒟蒻般的傢伙獨處，會從骨髓裡爛掉。芹澤眉心打結，額冒青筋，漸漸懶得交談。

## 4

芹澤困在柑仔店，已過三小時。

老婆婆一直沒回來，手表指針即將走到晚上八點。亮著微弱燈泡的柑仔店內，瀰漫著無法言喻的尷尬，芹澤和片桐都皺著眉。連同片桐買來並完食的好吃棒及小甜甜圈的包裝袋，沉悶的空氣籠罩著兩人。

芹澤隨意瞥片桐一眼，以緊迫的語氣打破沉默：「欸。」

「幹麼？」

「老婆婆這麼晚還不回來，未免太奇怪。會不會是遇上什麼事……」

芹澤說著，偷偷深呼吸。她不可能知道老婆婆去哪裡，但人一直沒回來，再多可怕的狀況都可能發生。這時芹澤的脖子才緊張得陣陣發麻，覺得或許是她的責任，忍不住焦急。

「這我也想過了。」片桐說。

「想過了？」

「如果遇上什麼事，認識阿姨的朋友或鄰居應該會過來瞧瞧，所以我才守在這裡，或者說，在這裡等。總不能任憑獨居老人的家門戶大開吧。」

聽到「家」，芹澤望向展示櫃後方。只見有塊狹小的脫鞋處，拉門開了一條縫。這是住家兼店鋪，所以裡面的暗處，還有房間等其他空間。

芹澤用力抿唇，彷彿立下決心，收起眼中的不安：「我出去找找。」

「不要吧。」

「爲什麼？」

「聽說，這幾天晚上都有人破壞自動販賣機，現在外面或許挺危險。」

「我上音樂課有時候會晚歸，從沒遇過什麼危險。」

「小心點總沒錯。」

「那你去找老婆婆啊。」話一出口，芹澤才發現又失言，但已停不下來。「現在、立刻。」

「可以是可以，不過妳要一個人顧店嗎？」

不願意落單的芹澤噎住話。「你、你是說，乖乖在這裡等比較好？」

「其實，七點左右我傳了簡訊給麻生。」

「咦？」

「這是最後一則回覆。」片桐掏出手機念了起來：「『大概不必擔心。最糟糕的情況，請等到站前小鋼珠店打烊的晚上十一點。完畢。』」

芹澤漸漸理解內容後，渾身脫力，差點跌落椅子。

「什麼意思？老婆婆丟下我們，跑去打小鋼珠？」

「唔，我相信應該是不會，不過慎重起見，麻生已聯絡派出所的警察。」

芹澤鬆一口氣。

沉悶的空氣再次籠罩兩人。沒有對話，柑仔店內一片寂靜。

「上次像這樣跟妳在一起，如坐針氈，是文化祭單簧管檢定那時候呢。」

片桐喃喃自語。

「住口！住口！」

芹澤想起當時可怕的回憶，不禁抱住頭。

「真沒辦法。」片桐搔搔後腦。「我沒想到居然會拖到這麼晚。好吧，我幫妳拿萬圓鈔票的找錢，請家人來接妳吧。開那輛軍用車（附司機的通用汽車悍馬。以前芹澤常坐這輛車上下學，差點輾過穗村）。」

芹澤鼓起腮幫子，悶聲不響。

「那打電話去檜山家?他一定會來接妳。」

這下芹澤臉紅了，瞪向片桐。

「妳到底要怎樣嘛?」

芹澤看著手表，微微搖頭：

「沒關係……我留在這裡。總比現在回家好。」

如果父親在家，會十分彆扭。歷經尷尬的沉默後，片桐開口：

「這麼聽來，妳的家庭環境滿複雜的。」

他從圓椅站起，隨意在店內翻找，把一樣東西夾在腋下返回，是一張折疊式小桌子。他在兩人之間組裝好桌子。

「這是你和我的國境嗎?超過的話，我可以槍斃你嗎?」

片桐不理芹澤，兀自解釋：「有時候，來店裡的小朋友，會用這張桌子玩卡片遊戲。」

芹澤皺眉，把嘴唇噘得像章魚：「你要幹麼?」

「悶在這裡也是浪費時間，我想聊聊社團的事。」

「幹麼跟我說？」

片桐忽然望向門口，目光有些遙遠。「我引退了，盡量不想干涉馬倫和成島。除非他們主動找我，否則我不應該多事。」

「但他們太優秀，完全沒去向你請益，你覺得成爲空氣人，心生焦急嗎？」

「妳未免太直接了吧？」

片桐絲毫不氣餒，反倒像在享受芹澤的攻擊。今年夏天，管樂社能第一次打進B部門的分部大賽，帶領全是些異類的成員的社長片桐厥功甚偉。當然，芹澤絕不會說出口。

片桐在桌上打開筆記本，自動筆在上頭流暢滑動，寫的是東海大賽的編制。看他毫不遲疑地一口氣寫出來，令人感受到他在引退前投注的情感有多深。

芹澤忍不住傾身向前。

「銅管」Tp（3）Hr（1）T.Tb（1）B.Tb（2）Tub（1）

「木管」E♭.Cl（1）B♭.Cl（2）A.Cl（1）B.Cl（1）A.Sax（2）T.Sax（1）B.Sax（1）A.Fl（2）Ob（1）Fg（1）

「弦、打」Cb（1） Timp/S.Dr/B.Dr/Cym（2）

原來如此，比起用說的，用看的更清楚。二十四名成員的編制，是缺少上低音號與短笛的銅管八重奏、單簧管五重奏、薩克斯風四重奏，加上長笛、雙簧管、低音管。最低音是低音提琴。重新檢視，銅管都是降B管，與木管一同組成泛音結構，是一支中低音頗爲充實的樂團。由於三年級引退，小號、中音單簧管和低音管各少一名，但有她加入……

「芹澤，妳的耳朵狀況如何？」

芹澤驚訝地抬頭，下意識掩住右耳。管樂社員不敢深究、連界雄都會小心翼翼的問題，這個人卻能自然問出口。這種直爽，令芹澤輕鬆許多，甚至綻放笑意。

「我現在都用眼睛去追聲音的源頭，好處反倒增加不少。」

「是嗎？」

「嗯。雖然有時候話聲聽不太清楚，但似乎練就預測的能力。還有，更容易隔絕掉雜音，十分方便。專注力變得比以前集中，讀書效率超高。然後，就算在很吵的地方也能熟睡，好處說不盡。我要用耳朵當武器。」

「妳眞的是吃虧也要占便宜……」

「畢竟這是我的常態。」

「那我就把妳當參賽成員之一，不客氣地繼續說。」

「好啊。」芹澤求之不得。

「妳還記得春天的時候在保健室聊的內容嗎？如果要以大型編制的A部門爲目標，最起碼要有三十人。」

芹澤望向筆記本。如果扣掉美民的社員，現在有二十二人。無論如何都需要上低音號的時候，只能請上条用中音號取代。

「抱歉，那時候可能想得太簡單。」芹澤回答。

「當下我就想指出這一點。高中的管樂社和國中不一樣，以標準來看，不管怎麼估，至少要四十二到四十五名社員。」

「標準？」芹澤想知道片桐的「標準」是什麼意思。

「是啊，一般的樂器幾乎齊全，也就是擁有足夠打造出音樂骨架的樂器。」

「我懂了。」

即使以四十二人爲目標，仍少二十人。明年想報名A部門，可說幾乎絕望。這麼一提，最近穗村不再談及全國大賽，是正視了嚴酷的現實嗎？面對她的變化，芹澤有些落寞。

「馬倫和成島應該也是以明年夏天繼續報名B部門爲目標，安排年間練習計畫。」

「實際上就是這樣，上次我聽到他們在嘆氣。」

「這也難怪。他們的夢想，就是實現拉了他們一把的穗村和上条的夢想。看似理性，其實意外受到情感驅動。」

芹澤抬頭，沉默片刻後開口：「你怎麼知道？」

「別小看前社長。」

「我懷著斷腸的心情，爲先前瞧不起你道歉……」

「原來妳瞧不起我？」片桐打心底愉快地說，翻找背包。他打開內袋拉鍊，取出一張折疊起來的活頁紙遞給芹澤。紙張似乎一直收在那個位置，折疊處都磨損了，表面髒污。

芹澤打開活頁紙，上面以可愛的字跡寫著許多國中校名、姓名、負責的樂器。「這是什麼？」

「小櫻給我的清單。她人緣滿好的。人緣不錯，各種資訊似乎就會自動送上門，搞不好明年不少有管樂經驗的人會進入南高。」

「咦？」芹澤坐的圓椅「喀嗟」動了一下。

「妳照道理想想，一所無名的公立高中，由於換了指導老師，雖然是B部門，卻第一次挺進東海大賽。儘管篇幅小，仍有報社採訪，報導中提及社員還很少，換句話說，從一年級就能參加比賽。有風聲說，這幾年縣內的管樂勢力關係可能會出現變化……我們三年級的最後一場比賽，只拿到銅牌，也沒辦法報名大型編制，但能像這樣交棒交給妳們，眞的太好了。」

芹澤目不轉睛地看著清單。在現階段，就有這麼多明確想加入管樂社的人。她算了算，有十一個人……還差九人。絕望的狀況稍微出現一絲希望。穗村在東海大賽的會場角落偷偷流下的淚水，總算不是白費。

身體熱了起來。她想盡快把這個好消息和大家分享。她竭力按捺情緒，將名單還給片桐。

「這應該告訴社長馬倫，而不是我吧？」

「南高的報考尚未結束，這些人很可能改變心意。」

「可是……」

「輕率地預測會招來失敗。社員也就罷了，領導者不能犯這種錯誤。去年我爲此吃不少苦頭，也挨了草壁老師的罵。」

片桐沉穩地淡淡說著，芹澤忍不住定睛回望。

「這份尚未確定的資料，應該交給妳這個新人。妳和穗村一起設法實現吧，這是我最後的交接。」

這個人……芹澤重新折妥活頁紙，長嘆一口氣。她深呼吸，在腦中整理想說的話。

「那我就收下吧。」

「妳眞是不可愛。」

芹澤臭著臉，把片桐買的三粒二十圓的笛子口香糖含在口中，試著吹氣，「嗶嗶」的可愛笛音在寂靜的店裡迴響。

## 5

芹澤困在柑仔店，終於經過四個小時。時間來到晚上九點，但老婆婆依舊沒回來。實在太無聊，芹澤和片桐翻起不曉得爲何放在店裡的弘兼憲史的漫畫《課長島耕作》，最後實在等累了，趴倒在折疊桌上。話題用盡的兩人，看起來也像是坐在居酒屋的吧檯旁，埋怨著「最近的年輕人眞不像話」、「毫無工作熱忱」、「向他們說教也是白費工夫」、「沒人瞭解我」，負氣趴著睡著的上班族。兩人脫掉高中生的外表，其實都只是難搞的歐吉桑。

「……」

「……」

「欸，妳知道嗎？我要畢業了……」

「是名爲畢業的免職吧……」

「……」

「……」

「一般這時候應該要百感交集吧？」

「好寂寞喔，寂寞到活不下去了～請讓我將緬懷之情，寄託於全身的重量，給你的心窩來一記眞誠的上鉤拳吧！」

「……」

「……」

片桐猛然直起上身，交抱雙臂：「喂，芹澤。」這麼一喚，芹澤心臟怦怦亂跳地抬起頭，懷著豁出去的覺悟，擺出戰鬥姿勢。

「這種狀況不太妙。雖然才晚上九點，但再怎麼說，孤男寡女待在同一屋簷下，感覺會招來誤會。」

「咦、咦、咦，怎麼會？討厭！騙人！難不成你都用那種骯髒的眼神看我？」

「單方面遭受言語霸凌的是我。」

「明明男人都會在最後暴露出野獸的本性！」

妳從剛才的商業漫畫裡讀到什麼鬼？片桐嘴角抽搐，瞬間變得憔悴萬分。儘管迎頭受挫，他仍維持前社長的風範，設法重新振作。

「對了。」

「什麼？」

「剛才收到簡訊。」片桐掏出手機確認，「啊，果然是麻生傳來的。」

芹澤期待事情有所進展，手肘支在桌上，傾身向前：「她說什麼？」

「我念出來：『阿姨回去了嗎？我們轉移陣地，正在玩桃太郎電鐵（註）。上条同學不停把限時炸彈卡丟給穗村同學，兩人扭打起來。上条同學用起妨害系卡片眞的超狠毒。完畢。』咦，難得麻生似乎玩得很開心。不過，居然玩遊戲玩到打架，上条和穗村感情眞好。」

「他們幹麼不結婚算了？」

「就是啊。」

現在不是閒聊的時候。擔心老婆婆的芹澤坐在圓椅上，內心愈來愈焦躁，每次眨眼，都感覺睫毛要烤焦了。

「喂……」芹澤開口。

「幹麼？要上廁所嗎？眞巧，我也是。」

「才不是！」

芹澤盡量不多喝水，還能忍耐。她抓起果汁空瓶，遞給片桐：「你用這個就夠了。」

「眞幽默。」

芹澤板起臉，「這個狀況不太對勁吧？」

片桐扭扭捏捏地前後擺動腰部：「唔，等於是完全被阿姨拋棄……」

「不是聯絡過派出所嗎？」

「麻生做事應該能信任，問題是警察會不會當一回事，認眞尋找阿姨。麻生以前破壞舊校舍的物品，差點被抓（她藉著實地研習的名目，三更半夜潛進學校，讓社員進行挖掘練習），而且阿姨有泡在車站前小鋼珠店的嫌疑……」

「怎麼每一個都這麼不像話……」芹澤不禁詛咒自身的不幸。「沒給任何人添麻煩，堅強活著的我，必須在這裡浪費生命等到十一點嗎？」

「妳也想想莫名其妙被拖下水，最衰的我吧……」

芹澤無可反駁，噘起嘴唇，下巴擱到桌子上。雖然覺得哪裡怪怪的，卻想不出究竟是什麼。繼續待下去也不是辦法，她試著挖掘記憶，仔細思考一番，即使是些漫無邊際的小事也好。

首先是拜訪這家柑仔店的時候，她以為快打烊了，但從片桐的話聽來，並非如此。那麼，芹澤問「有關東煮嗎？」，老婆婆那種不高興的態度便無法解釋。老婆婆的態度，簡直像在叫她快滾。據說難搞的地科研究社成員都喜歡老婆婆，而且老婆婆還特地準備折疊桌供小朋友玩牌，和她遇到的臭臉老太婆形象實在難以連結在一起。

註：一款經營鐵路公司，以全日本為舞台的大富翁電玩遊戲。

爲了驅逐籠罩在周圍的混亂迷霧，芹澤轉向寫著「關東煮三守則」的告示。她已遵守規定，應該算是好客人。

客人……？

釐清迂迴的記憶後，她總算靈光一閃。

芹澤推開桌子站起，走到展示櫃前，從架上取出裝找錢的餅乾盒。打開蓋子，撥開銅板計算鈔票。如同之前看到的，共有六張紙鈔，但現在她才確定面額，是五張千圓鈔和一張五千圓鈔。加上零錢，不是完全足夠找零嗎？不，鈔票的種類不重要。當時，老婆婆開也沒開這個餅乾盒就走掉……

會不會是突然痴呆？

這種機率並非爲零，但似乎有更簡單的解釋。

「剛才說妳學到預測事物的能力吧？」

片桐從背後探出頭，芹澤嚇得後退，整副身軀貼在展示櫃上。她有些驚慌地站直：

「是、是啊。」

「那麼，妳到底把萬圓鈔票給了誰？」

芹澤目不轉睛地看著片桐，歪起腦袋。設想過所有狀況後，她浮現充滿確信的表情，吐出令人脫力的答案：「別人。」

「妳遇到的老婆婆，不是我認識的阿姨嗎？」

片桐重新確認，芹澤突然失去自信，回一句「大概吧」就噤聲。她想起進入柑仔店前曾聽到巨大的聲響，慌得腦袋幾乎要空轉，但仍把這段經緯告訴片桐。

「我可以說句話嗎？」

「呃，請。」

「我們呆坐在這裡，到底是在等誰！」

「我哪知道！」

兩人在狹窄的店內，上演一場貓打架般的扭打，氣喘如牛地平白耗損熱量。

「從剛才那一刻起，『我認識的阿姨什麼時候會回來』這個問題，變成『阿姨在哪裡』。」

「咦？」芹澤不懂其中的差異，「什麼叫人在哪裡？」

片桐把芹澤推到後面，走進展示櫃裡側。如同一小時前確認的，狹小的脫鞋處似乎通往起居室。

「剛才我叫喚也沒任何反應。」

片桐皺著眉，摸索牆壁尋找電燈開關，另一手抓著手機。芹澤知道片桐準備一發生什麼事就撥打一一九或一一〇，忍不住吞口水，緊貼在他背後。

「難、難不成是偷保險箱的？」

「喂喂喂，那不是偷保險箱，是破壞自動販賣機。破壞自動販賣機的人應該不會闖入住家。」

「喀嚓」一聲，日光燈閃爍著亮起。

從拉門的隙縫可看到矮圓桌的桌面和桌腳，及褪色的榻榻米。地上掉著潑出液體的茶杯、翻倒的花瓶和電視遙控器。

咦，闖空門的……？

芹澤的心臟突突亂跳。

倒地的櫃子底下，壓著一個人影。

芹澤嚇得話都說不出，片桐搶先行動，穿著鞋子直接走進去，嘗試抬起櫃子。總算從僵硬狀態中回神的芹澤立刻上前幫忙。倒下的櫃子並非重量級木櫃，也並未塞滿衣物或物品，不怎麼費力就恢復原狀。

櫃子底下出現另一名老婆婆。她穿著日式圍裙，滿頭白髮，臉上布滿皺紋。若說有何不同，就是看起來極為蒼老，面龐滿是老人斑，感覺無論什麼時候過世，人們都會認為是壽終正寢。可能是突然暴露在日光燈下，老婆婆「嗚嗚嗚……」呻吟起來。

「阿姨！阿姨！」片桐彎身呼喚，完全恢復意識的老婆婆猛然跳起，兩人的頭「叩」一聲撞個正著。「痛死啦！」兩人按著頭蜷成一團，老婆婆大吼：「在人家耳邊吵什麼吵！痛死我啦！」惡狠狠地拍了片桐的腦袋一掌。

芹澤當場傻住。看著老婆婆——片桐口中的阿姨的樣子，似乎滿有精神，沒受什麼傷。芹澤卸除緊張，虛軟地坐下。

片桐按著額頭，不停追問：「到底發生什麼事？要不要報警？」然而，柑仔店的老闆娘卻三緘其口，似乎難以解釋。

芹澤陷入混亂，滿頭問號。

她遇到的——從展示櫃後方冒出的另一個老婆婆，究竟是誰？總不可能是破壞自動販賣機的人或小偷。

# 6

只要一想起那場騷動，芹澤就滿肚子火。

太可笑了，簡直荒唐到家。

芹澤拱著肩膀快步前進，與放學回家的大批學生逆流而行，腳上的室內拖鞋在校舍走廊上踩得啪噠響。

一進入社辦，她便鼓起腮幫子看向那張紙：

「別以爲父母和金錢永遠都會在身邊。」

居然連那種地方也發生親子爭吵，如今她連柑仔店的另一張紙上的文字都怨恨不已。

得知眞相時，她覺得眞是夠了。

今年高齡八十八歲的柑仔店阿姨，有個七十歲的女兒。睽違二十幾年，女兒忽然出現，向母親索討金錢。兩人扭打起來，母親撞上櫃子昏倒，女兒撞到頭。緊接著，芹澤造訪柑仔店。

後來，從小鋼珠店回來的女兒，雙手奉還芹澤的萬圓鈔票。她本來打算去附近換零錢，晃到車站前，在小鋼珠店中了大獎，欲罷不能。最後，她竟對芹澤擺出高高在上的態度：「還妳一倍——加妳一千圓，夠了吧？」借廁所回來的片桐埋怨：「她剛才本來要說『一倍』吧？」捲入這數一數二怪事的芹澤，只能擠出一聲「嗯……」。如果要用一句話總結當時的狀況，就是「這老婆婆沒救了」。

芹澤覺得整件事荒謬透頂，有些地方卻莫名令人信服。

奇妙的重逢不只發生在她和片桐身上，也發生在那家柑仔店的起居室裡。

如果沒有這些巧合，或許她與片桐之間的隔閡也無法冰釋。一切的契機，都源自於她平日不會採取的行動。跨出自身畫定的日常範圍一步，彷彿讓她聽見過去無法掌握距離感的奇妙旋律。

（等妳升上三年級，可以替我照顧小櫻嗎？看著她的背影就好，拜託妳了。）

片桐的話是真心的嗎？

託付給這樣的我？

「小直，妳在笑什麼？」

界雄拿著木槌，彷彿目睹罕見的異象般問道。

「沒事。」

那天芹澤拖到很晚才回家，界雄到柑仔店來接她。是片桐替芹澤聯絡界雄家。

芹澤迅速組裝單簧管，步出走廊，前去參加練習。

後來，芹澤再也沒遇見片桐。儘管應該在同一幢校舍，但上課換教室的途中不必提，連午休、放學後，也不曾在走廊上擦肩而過，更沒互相聯絡。以往連繫她和片桐的，是社團活動。如果沒有社團，身處不同世界的兩人根本不會相遇。當這個連繫消失，連在狹小的校內空間，見個面都如此困難。

（我已引退，盡量不想干涉馬倫和成島。除非他們主動找我，否則我不應該多事。）

芹澤知道這不是逞強，他忠實地遵守自己的原則。

每到放學後，芹澤望向窗外的機會變多了。因爲放學回家的學生裡，有退出社團活動的三年級生。

啊——

注視著正門的芹澤睜大眼，扶住窗框。可惜是認錯人，她嘆一口氣，慢慢放開手。

# 極短篇

## 穗村千夏回收未採用劇本哏

大家好，我叫穗村千夏，就讀清水南高中二年級，在管樂社負責吹長笛。我在社團的活動日誌寫下練習中要反省的地方，不料數量多到讓我痛苦翻滾，想用一句熱血的話總結，便可愛地寫下「危機就是轉機！謝謝大家」。不料，顧問草壁老師以紅字批道：「每一天的活動都應該小心謹慎，量力而爲，如此根本不會陷入危機。」松岡修造，怎麼跟你說的不一樣！

啊，熱血過頭，讓人倒彈三尺，對不對？……好啦，我不說了……對不起……

進入正題。

第二學期的某天放學後，第一個抵達社辦的我，發現腳下掉了一本奇妙的活頁筆記本。看來是從當置物櫃用的鐵架最上層掉落，我想起下午上課時曾有約莫三級的地震。就是會發生這種事，東西才不能亂塞啊……我這麼想著，撿起一看，被圈起來的「極機密」三個字吸引。我認得筆跡，是上条春太的字。

「極機密」，是嗎？如果眞的想藏，幹麼搞得像此地無銀三百兩，應該收在更不會有人看到的地方。不過，既然是春太的東西，無所謂吧？

如此這般，我立刻在社辦的折疊椅坐下，打開活頁筆記本。

以塑膠環固定在一起的活頁紙上，好似設計圖般排列著文字。

咦……？

舞台指示？

眞的假的？

這是《退出遊戲》的劇本嗎？

《退出遊戲》是管樂社和戲劇社爲了爭奪馬倫，在對決中採用的即興劇名稱。

雙方必須在設定的場面中化身爲角色，能在時間限制內從舞台上退出的一方就算獲勝。不管編出什麼理由退出都無妨，敵對的一方必須設法阻止。

提案人是戲劇社社長名越俊也、春太和草壁老師，活頁本上有三人的簽名。雖然名爲即興劇，其實是他們巧妙安排的戲碼，這是最大的特點。

不過，這似乎是未採用的劇本。幾番爭論後，結論是上半場要即興發揮。

來瞧瞧……我瀏覽著內容。舞台指示裡的「藤間」，指的是戲劇社的副社長藤間彌生子。

**戲劇社ＶＳ管樂社　即興劇對決**

**題目「在高中生活的最後一場演奏會，從正式登台前的休息室退出」**

上条「糟糕，這不是奶奶去世前留給我的法國號！我不能在正式演奏中用這把法國號！我回家拿！」

名越「混帳！（賞上条一記耳光）居然想在最後一場演奏上依賴奶奶的力量，未免太不像你！想想你至今爲止的練習和努力！」

藤間「（淚眼汪汪）就是啊！你這個樣子，奶奶在天之靈會無法瞑目。就帶著那把法國號上場吧！」

◇◇◇

上条「我、我去一下廁所。」

※觀眾席應該會響起排山倒海的噓聲。

名越「（拿空罐過來）剛才工作人員聯絡說，附近的廁所發生命案。萬一不小心把指紋沖掉就麻煩了吧？喏，這個給你用。」

◇◇◇

上条「（斬斷前面的劇情）好，卡！大家辛苦了。小千最後一個場面演得眞好，『愛戀』中的女人演技就是不一樣。三十分鐘後進行下一場，我們先解散！我去吃個『當便』，大家也喝個咖啡休息一下吧。」

※上条使用可疑的倒裝詞（僞圈內行話），假裝劇團導演，想趁亂退出。

名越「（迅速換上白袍，搖晃春太，輕拍他的臉）喂，上条，醒了嗎？你知道這是哪裡嗎？」

上条「欸？」

名越「這裡……是醫院。你昏睡好久。可以的話，告訴我發生什麼事好嗎？」

上条「（慌亂地）我、我……」

名越「那全是你的夢啊！」

上条「……你、你騙人！」

※上条和名越開始扭打。

藤間「（換上白袍，分開上条和名越，各賞他們一巴掌）上条、名越，你們醒了嗎？這是醫院，我才是眞的醫生，你們是病患。你們陷在妄想中，有時候自以爲是管樂社和戲劇社成員，有時候自以爲是導演和演員，有時候又自以爲是醫生和病患。今天的診療結束，你們快點吃藥，上床睡覺吧。」

※上条和名越對望，點點頭。

※藤間收拾東西，向觀眾席行禮，準備退出。

上条「（猛然回神，抱住藤間的腳把她絆倒）不對，才不是！妄想的人是妳！」

藤間「咦？」

上条「（從戲劇社成員手中接過白袍穿上）眞正的病患……藤間小姐，只有妳一個人。」

藤間「咦？咦？」

名越「沒錯，妳是我們的病患。妳讀的學校、社團活動、醫院，還有妳是醫生的事，全是妳的妄想打造出的夢境。來，診療時間到了，快回來吧。」

藤間「（狼狽萬分）這、這怎麼可能？我不要……」

※三人爭相主張自己才是醫生，持續混沌的輪迴，直到觀眾厭倦爲止。

我用力揉眼，靜靜闔上筆記本。

未採用的理由是「劇本的瘋癲程度，穗村可能難以負荷」。鬼才奉陪得了！這劇本作廢，眞是太謝天謝地。

話說回來……

草壁老師對這份未採用劇本知道多少？我彷彿窺見老師意外的一面，胸口有些怦怦亂跳。

還有，我想和春太說句話。

拜託把這份熱情用在法國號上吧！

# 象形符號事件

馬倫・清×名越俊也

我還在村子的時候，只有自己一個人，沒有大人願意搭理我。

但我並不寂寞。

這是眞的，不是我在逞強。

因爲我有音樂。音樂直接向我心靈深處的情感傾訴。

對著那些我還無法訴說、不曾訴說，甚至難以訴諸言語的深奧情感傾訴。

他在六歲的時候第一次看到手鐘。這種樂器會讓演奏者產生奇妙的煩惱：「如果能再多一隻手就好了！」爲了治好他的腳，和父母一起去的教會桌上，擺放著有兩個音程、共二十五座的青銅小鐘。五名演奏家操縱著小鐘，發出旋律與和聲。這是看似容易入門、其實非常深奧的樂器。溫柔迴響的手鐘音色，非常適合教會那氣氛莊嚴的讚美歌。即使是熟悉的曲子，手鐘也能讓它們呈現出令聽眾驚豔的新鮮表情。即使是現在，如果有人問：「你覺得什麼樂器的音色最美？」他往往會想起擁有清亮餘音的手鐘。

兒時的記憶總是格外鮮明且特別。

就讀高二的馬倫・清好奇得不得了。

眼前滔滔不絕的好友額頭上，貼著一張手鐘的圖案。圖案印在透明塑膠膜上，他若無其事地詢問，於是好友舉起胳臂用力抹了抹額頭。但塑膠膜貼得很緊，怎麼也抹不掉，好友不當一回事地說：「啊，被汗水黏住。那就別管了。」

害得馬倫不曉得該往哪裡看，差點漏聽好友的話。

## 1

聽好，馬倫。

昨天晚上我打電話給副社長藤間，不料她扯著奄奄一息的嗓音，對我說了個漫才（註）師的比喻。

有一次，漫才師發現觀眾裡唯有一名客人，在大夥哈哈大笑之際卻一笑也不笑。他仔細觀察，發現在表演場子裡，一定有個絕對不笑的客人。一開始他只是好奇，但漸漸無法忽視。之後，他總是在台上嘔心瀝血地設法逗笑那個不笑的客人，反倒打亂自己的步調，終於精神耗弱，再也不敢上台，就此失蹤。

---

註：日本一種表演形式，類似相聲，兩人一組以滑稽的對話逗笑觀眾。

漫才師在會場中發現的唯一不笑的客人——那就像是伯格曼執導的電影《第七封印》中的死神。

伯格曼是這樣形容的：死神存在於某個可通訊的世界，告訴人們必定有著世界無法完全網羅之物。祂出現在立於表演台上的人面前，呢喃道：這世上有你看不見的事物、你應該有什麼事情忘了說……

「這就是藤間不來學校的理由？」

馬倫目瞪口呆，戲劇社社長名越俊也深深點頭。

「她總是超越我的想像半步。」

「只有半步？」

「她在電話裡落落長地講個沒完，原來那是一個叫加藤典洋的文藝評論家的論文內容。怎麼不老實說創作遇上瓶頸就好了嘛，眞不可愛。」

「顯然病得十分嚴重。」

「沒有死神的表現者或許會很無趣。沒辦法，藤間過度熱愛戲劇，導致腦袋失常。眞是可怕的女孩……」

「怎麼不拿去用在讀書上面？」

「好啦、好啦，回到正題。之前的公演，我們不是請管樂社的人來看嗎？」

「噢，那個評價不錯啊。有搞笑、有感動，很有趣。」

喜怒哀樂可讓音樂更有深度，讓表現更豐富。在草壁老師的建議下，管樂社在練習空檔與合唱團一起觀賞戲劇社的演出。

「藤間說，只有你們那邊的芹澤笑也不笑，冷眼從頭看到尾，她深深受創。」

馬倫差點噴出正在喝的瓶裝茶。原來死神是芹澤嗎？

兩人在舊校舍的戲劇社辦公室吃午飯。

名越難得邀約，說要不要偶爾一起吃個飯？馬倫午休時間多半待在管樂社社辦，隔壁班的名越特地跑來找他。

戲劇社社辦角落堆著紙箱，地上是掉落的剪刀和膠帶。

再過幾天，就會有柔和的陽光透入，可盡情享受秋季的午後時光，但現在氣溫仍未擺脫殘暑，所以把窗戶完全打開，每當窗簾搖晃，悶熱的風便吹過室內。社辦裡只有他倆，或許十分適合談論不好被人聽到的話題。

馬倫啃著三明治，環顧以前參加的戲劇社的社辦，想起第一次見到名越的情景。即使是初次見面，名越也是對方說一句，他回五句，甚至是十句，直來直往的對話方式，總是令人覺得爽快。

「很懷念嗎？」名越嚥下口中的飯糰問。

「那時候眞對不起。」

「畢竟那時候的你，整個人都爛掉了。」

「嗯，」馬倫輕笑，「就是啊。」

會活生生地腐爛的，只有人。水果一爛就報銷，但人類即使腐爛，也還有機會復活。正是名越當面打開書本，告訴他這件事。

「現在都找不到時間跟你悠閒相處了。」

瞭解管樂社狀況的名越感慨良多。尤其是準備比賽的第一學期，上午的下課時間都用來吃午飯，整個午休時間拿來練習。以三年級和二年級生爲主的管樂社成員，平日幾乎都是這麼度過。

「名越……」

「抱歉，我居然感傷起來。」

馬倫注視著言詞軟弱的名越。那種「我對你瞭若指掌」的傲慢態度竟消失無蹤，名越是怎麼了？馬倫忽然有些疑惑。他認識的死黨不是這樣的。

「名越，如果遇到什麼困難，不妨告訴我。」

「我的煩惱不重要。」名越的聲音裡滲著幾許自嘲——感覺上。「人是會變的。」

「我幫不上忙嗎？」

名越一陣猶豫，但又想甩開猶豫般搖搖頭，瞇起雙眸，彷彿覺得刺眼。

「不管這些，跟我聊聊管樂社吧。對了，穗村最近如何？」

「穗村同學？」

「對啊，那個像只載著去程燃料的戰鬥機的彪婆。」

「彪婆……？」還有很多日語是馬倫不知道的。「你是指穗村同學嗎？我非常羨慕她。因爲有數不清的進步的樂趣等著她，每次看到她，彷彿在看快轉的成長錄影帶，會讓我覺得也必須努力才行。」

「那上条呢？」

「上条同學？」

「對啊，那個軟硬不吃的垃圾屋人渣王。」

「垃……？」馬倫一時沒聽清楚，腦袋有點混亂。「你說上条同學嗎？嗯，他果然是社團的中心人物，但不會偷懶逃避雜務，總是私底下用功和努力。我也必須效法他才行。」

名越垂下頭。馬倫聽見一道深深的嘆息。「我好羨慕你……」

「咦？」

「我只想把他們兩個抓來射飛鏢。」

「穗村和上条一聽到藤間不來學校，立刻避不見面。」

「名、名越，怎麼了？」

「這中間一定有誤會。」

「我傳簡訊給成島，要你到戲劇社社辦，她說『**我才不要讓馬倫去那種蠻荒祕境似的地方**』。她居然說不要！」

名越明明人這麼好，大家到底是怎麼了？

「這一定也是誤會。」

「我真想把他們三個拿來當成空氣槍的槍靶。」

「你可以向我傾吐。」馬倫探身向前。要不是名越，他不曉得會淪落成什麼樣子。

哈啾！名越打了個大噴嚏，望向被噴了滿面口水、愁眉苦臉的馬倫，隨即搖搖頭。

「不，我不能把我的好哥兒們拖下水。」他說著，用面紙擤鼻涕。

「我無所謂。」

「喂喂喂，別學少女漫畫那一套逼迫我。」名越害臊地抹抹鼻子。「如果我是女生，心裡早就小鹿亂撞。」

馬倫不太懂名越在說什麼，總之，無論如何都得幫他一把。「你這樣未免太見外。」

名越雙肘支在桌上，雙手在臉前交叉。煩惱半晌，他抬起目光，望著馬倫。「其實，我和藤間一起打工。」

「打工？」這是常聽到的日式外來語（註），馬倫吃了一驚。「好，然後呢？」

「這件事我們對學校和社員都保密。」

「理由是什麼？」

「戲劇需要許多器材。」

馬倫想起戲劇社和管樂社一樣，社員增加了。「原來是這樣。」

---

註：日文的「打工」（アルバイト，略稱バイト），來自於德文arbeit，原義為「勞動」。

「我想聽聽你的意見。」

馬倫尋思起來，希望能和死黨推心置腹。名越是爲了戲劇社的未來陷入天人交戰，若是立刻搬出模範結論，點明違反校規，不可以打工，他一定會很失望，認爲對馬倫來說終究是事不關己——

「我不會講風涼話，你想必已做出好壞的判斷。不過，如果是無法傳承給學弟妹的事情，我覺得不太妥當。」

「所以我才保密啊。」

「考慮到往後學弟妹也會遇上器材不足的狀況，你應該實踐正確的做法，傳承下去。站在這個角度，我反對你瞞著校方打工。」

「什麼正確的做法？我們社團可沒有畢業學長姊。」

「但應該還是有正確的做法。」

「馬倫……」

「如果有什麼我幫得上忙的地方，儘管開口吧！」

瞬間，名越臉上浮現賊笑，馬倫背脊一陣發涼。怎麼回事？感覺莫名其妙被抓住話柄。

「好吧，那下次打工就當最後一次。」

名越靠在椅背上伸懶腰，馬倫鬆一口氣。

「這樣才對。既然不打工，別等到下次，現在馬上辭職比較——」

「僱用我們的人，曾在我和藤間遇到困難的時候伸出援手。起碼得再去一次，盡盡道義。」

名越搬弄藉口，但馬倫很好奇他話中的細節。道義，他想起父親迷上日本黑道老電影，向他解說日語有多深奧的事。那是日本社會的潛規則，也可說是一種體制，不過潛藏在背後的，是另一句更深奧難解的格言：魚幫水，水幫魚。「日本人眞複雜。」父親抱頭發出這樣的感嘆。

馬倫閉上眼，眉間擠出皺紋。他聽草壁老師提過，南高禁止打工，是不贊同學生爲了賺錢，犧牲或忽略高中生的本分。罰則並不到停學或閉門思過這麼嚴重，而是繳交悔過書，也不會以禁止社團活動做爲處分。

「如果下次是最後一次，」馬倫的手伸到桌上，要求握手。「就在這裡答應我吧。」

「好，這是男人之間的約定。」名越強而有力地反握，但不知爲何，不肯把手放開。

「名越，你怎麼了？」

「我剛才提到藤間不在，你說願意幫我吧？」

「咦？」

「我現在只差一隻手，就算是貓的手也想借用。」

額頭貼著手鐘圖案的名越懇求。

「咦、咦？」

「不會給管樂社添麻煩的。」

那現在要給我添的是什麼？馬倫急忙甩開名越的手：「別說笑了，名越。」

「你以爲我是個會說笑的人？」

成天過著搞笑藝人般校園生活的傢伙居然吐出這種話，馬倫一陣焦急：「可、可是……」

「沒問題，不會害你這個社長寫悔過書。」

「那不是打工嗎？」

「我和藤間不是傻瓜。」最喜歡卯足全力做傻事的傢伙，竟滿不在乎地拋出這樣的言論。「我們的打工就算被抓包，也有辦法解釋。不會害你出糗，更不會害任何人不幸。」

馬倫露出思忖的眼神。他並不在乎出糗，但也難以點頭答應。「我……」

「抱歉、抱歉，這樣好像在硬逼你。我這個人的壞毛病，就是會不小心太強勢。」名越浮現和善的笑容，「即使你拒絕，我也不會討厭你。」馬倫覺得這話肯定是發自肺腑。

「謝、謝謝。」

「忘記我剛才的話吧。好久沒跟你一起吃飯，眞開心。」

馬倫把自己的厚切三明治，和名越親手做的鮪魚美乃滋炸彈飯糰交換。

馬倫從國中就認識名越，但名越不曾對他撒過謊，或愚弄他、扯他後腿。這就是爲什麼名越是馬倫的死黨，以後應該永遠都是。

對於名越，馬倫有著報答不盡的恩情，還是問一下吧。

「你說的打工是什麼時候？」

「下星期六，下午三點開始。」

「啊，太可惜了，有社團活動。」馬倫撥亂頭髮，趴在桌上。他發現說著，有些鬆一口氣。這是原諒自己的藉口嗎？

「怎麼，只要解決這點程度的問題就行了嗎？早說嘛！」

這點程度的問題？他是指社團嗎？

「以爲社團活動是最重要的，那你就錯了。社團完全只是課外活動。」

「咦？」

「我去跟草壁老師說，讓你在下午兩點結束練習就沒問題。」

「咦？咦？」

「如果我提出要借用你一下，草壁老師不會拒絕。管樂社欠戲劇社的恩情可不小，況且往後也麻煩不到幾次了。」

原來馬倫剛學到的成語「禍從口出」不是譬喻，而是眞的。

「你、你要怎麼跟老師說？」

「推託有很深的理由，總有一天會解釋。我一定能說服老師。好，就這麼辦。」

「不、不、不，大家會問我爲什麼，瞞不了的。」

「當天以後就不用瞞，照實說沒關係。」

馬倫揚起細眉，上身前傾：「你的打工到底是……」

「家教啦。學生主要是小學低年級，雖然有點老成，不過像小雞一樣，相當可愛。」然而，他的下一句話震撼馬倫。「其實，這次要一口氣教將近二十個人，物理上我一個人實在沒辦法。」

馬倫晃動一下桌子，蹙起眉毛：「是補習班老師嗎？」

「唔，保密，你可以期待。應該會是一次獨一無二的寶貴體驗。」

「體驗……」

「聽著，除非主動去挑戰巨大的變化，否則看到的景象永遠會一成不變。你辭掉戲劇社後，不是一直爲管樂社鞠躬盡瘁嗎？」

「我心甘情願。」

名越嘆一口氣，像要把肺裡的空氣全擠出來。「我很不爽。」

「爲什麼？」

「全員團結一致，努力練習是挺好，可是如果太過頭，我覺得根本是在畫地自限，困住自己。其他學校的管樂社也一樣。」

畫地自限……馬倫一時無法理解這個詞的意義，沉默不語。想必不是什麼正面的意思吧。

「晚點我再聯絡，告訴你要準備的東西和集合地點。」

名越完全以草壁老師會答應爲前提，馬倫不禁祈禱這件事會告吹。然而，他卻從別人口中聽到名越使出高明的手段，順利成功，只好滿懷不安地迎接當天的到來。

## 2

馬倫換上全套運動服，待在市民體育館。他和名越一起組裝兒童用折疊式單槓，並鋪上軟墊。想起之前的一連串發展，他不禁按著眉心，彷彿不敢置信。難以想像一個小時以前，他還在音樂教室裡吹薩克斯風。

因爲太好奇，甚至出現在夢裡的神祕打工，眞面目居然是體育家教。據名越說，許多不擅長體育的家長提出委託：「怎樣才能後翻上單槓？」「不知道怎麼賽跑。」一開始的賣點似乎是可利用學生住家附近的公園或操場、泳池，進行密集的一對一指導，縮短進步的時間。

其中，名越和藤間的後翻上單槓課程格外受歡迎，達到成功率七成的數字，因此有許多人指名。現在已超出家教的範疇，採大班授課。

附帶一提，體育家教是由正派公司經營。原則上，每次都會派遣兩名以上的正職員工，或體育大學學生授課。

「他們是……？」

馬倫邊鋪軟墊邊望過去。體育館角落，兩名魁梧的男子疲憊萬分地癱坐，宛如岩石，一動也不動很久了。

「他們兼太多課，讓他們休息吧。」

名越答著，檢查安裝好的單槓，確定安全無虞。館內許多孩童集合在一處，一臉沉痛地等待課程開始。從名單來看，最大的是小四，最小的是小一，年級分布頗廣。

「呼……」馬倫以手背揩去額頭的汗水問：「對了，藤間同學還是不來學校嗎？」

「她目前在學校的集訓所。爲了蛻變成更厲害的演員，正在進行徹底扮演非生物人偶的特訓。她已進入我問『馬倫會替妳打工，可以嗎？』也毫無反應的領域，應該只差一點，就能恢復自信。」

「她在學校嘛。」

「她很難搞啊。我第一次跟她見面時，她害羞地拿《腦髓地獄》（註）這本書遮住臉。拜託，一點意義都沒有好嗎？」

馬倫不想在這種情況下，聽到戲劇社的名人社長和副社長的邂逅。

仰望體育館的天花板，馬倫內心充滿對管樂社成員的歉疚。成島得知馬倫爲了戲劇社半途丟下練習，驚訝得手中的雙簧管差點滑落。馬倫在電視劇上看過成島這樣的表情。就是在玄關茫然目送家裡窮得連半粒米都沒了，卻堅持要出門賭博的丈夫的妻子表情。

「馬倫。」

「什麼事？」

「我告訴你怎麼應付小孩。」名越湊過來低語。「你可別跟他們說『小朋友，懂不懂？』這種話。」

「這樣啊。」

既然名越是人氣教師，必定有他的獨門祕訣，馬倫洗耳恭聽。

「小孩沒我們想像中那麼單純或純眞。別忘了他們其實很頑強、很惡毒。」

「是嗎？」

「況且，許多小孩對於被當成小孩看待頗敏感，反而會鬧彆扭或瞧不起你。我和藤間都徹底體悟到，上下關係不是靠友善的平等口吻，或同一套語言成立的。」

馬倫的腦海響起父親的建議：面對紳士與淑女，應該要表達敬意。即使在現代，紳士與淑女已僅存於孩童中——死黨名越和父親總有些相似。馬倫以自己的解釋如此理解，微笑點點頭。

「我知道了……」

「時間差不多，我們開始吧。」名越站到學童面前。

「喂，你們這群連後翻上單槓都不會的雜碎！」

馬場好想當場逃跑。要是噓聲四起也就罷了，但這群學童頑拗地垂著頭，實在教人心痛。

名越宣布著：「居然都給我低頭。聽好，今天啊，我絕不會說什麼『只要努力就做得到』、『只要挑戰就能成功』這些你們聽到耳朵長繭、連意義都蒸發光光的勵志空話。」

嗚！有個學童發出呻吟，馬倫不知名越會如何使出下一波殘忍的攻擊，急忙按名簿點名。他懷著斬斷這危險發展的心情，努力爽朗、禮貌地點名，孩子們都鬆一口氣。

註：ドグラ・マグラ，推理小說家夢野久作的代表作。名列日本推理小說三大奇書之一。

後藤……有個姓氏令人好奇的孩子。是小學一年級的男生，他看過這孩子假日和學妹後藤朱里手牽手走在一起。他立刻朝名越一瞥，但名越沒接收到眼神暗號，像籠中的大猩猩般煩躁地踱步，然後一副還沒說夠的樣子走上前。

「不管再怎麼努力都做不到，所以你們才會在這裡！可是……」名越用拇指抹抹鼻頭，露出白牙。「我不討厭這樣的你們……」

有個小三生總算發現，只不過是不會後翻上單槓，沒道理被人如此作賤，於是伸腿踹名越的小腿一腳，全身衝撞上去。名越失去平衡跌倒，孩子們蜂擁而上，扭打成一團，但看起來沒嚴重到需要制止的程度，而且應該管事的兩名大學生教練都在一旁強忍著哈欠，馬倫猜測這恐怕是家常便飯，不過在旁觀的他眼中，仍像是一幕半吊子的地獄景象。不，孩子們奮起團結，或許比一開始好上一些。畢竟實際上沒半個人罷工回家，順利展開後翻上單槓的練習。

我到底在這裡做什麼？或許，在與名越扯上關係的時候，就該放棄這樣的疑問。不過，馬倫許久沒接觸到學校與社團以外的空間。正在教孩子們後翻上單槓的馬倫注意到地上掉了一張小紙片，盯著它被體育館空調吹送的風捲起，不停旋轉，又輕飄飄落地。

小紙片邊角印刷著圖案。馬倫覺得似曾相識，捏起紙片。

那是之前在戲劇社社辦看到的黏在名越額頭上的圖案。他本來以爲是手鈴，但冷靜一瞧，發現是沒握把的鈴鐺，上面還有數字。

附近沒垃圾桶，馬倫把紙片塞進運動服口袋，走近在單槓旁哼哼呻吟的男生。是參加者裡感覺最難成功的孩子。他沒依名越事前發給每一個人的注意事項去做，而且胳臂完全拉直，一眼就能看出成功機率渺茫。

「先試試把腳伸過雙手之間。」

男孩雙眼皮的瞳眸一動，瞅向馬倫。馬倫一示範，他便默默垂下頭。管樂社也有不少男生不知怎麼向人求教。雖然徹底依賴別人教導的女生也教人頭疼。

「也可以去練習那個。」

馬倫伸手指道。名越把孩子們聚在一處，讓他們練習在軟墊上後滾。從向後翻滾的意義來說，與後翻上單槓基本上是一樣的動作，而且在家也可練習，或許是十分合理的練習方法。「看著肚臍轉！」「背不要伸直！」口沫橫飛、熱情壓倒眾人的名越，嘴巴依然刻薄，卻不知爲何不會惹人厭。不過，從剛才的扭打可看出，名越對於自己受到嘲笑或反抗，非常寬容大度。他的行動總是荒唐又危險，老是做些糟糕事，與想風平浪靜地過日子的馬倫形同兩個極端，有一種馬倫無法模仿的瘋狂，或者說大器、姿態。

馬倫的視線回到雙手握住單槓的男孩身上。男孩不甘心地癟著嘴，悢悢撇過頭，喃喃自語：

「學什麼後翻上單槓……」

馬倫也覺得不可思議。他住在美國的時候，從來沒在體育課做過這種活動。他覺得強迫學生學會後翻上單槓，是日本特有的習俗。

他不知該向男孩說什麼。

男孩的問題，或許和管樂社的穗村提出的初學者單純的疑問很像：「爲什麼要記譜面的調性？」

「我跟你說，」馬倫彎身告訴男孩：「就算不會後翻上單槓，也不會怎樣。」

男孩抬頭，眼眸裡有著驚訝，目光在馬倫的臉上停留幾秒。周圍的孩童也都求救般接連產生反應。孩子們直率、尙未學會隱藏眞心的眼神，實在教人難以迎視。馬倫一陣緊張起來，不敢隨便亂開口。

「長大了還是不會後翻上單槓，也沒多大的影響。」

男孩上身前傾，頓時激動起來。「不、不會後翻上單槓也沒關係吧？如果是船在大海中沉沒，或飛機掉下來，就算會後翻上單槓也沒半點用處。」

「確實如此。」

「就是啊！」

「像直笛、讀書心得、跳繩，也沒實質用處，甚至長大後根本不需要。不過，若因爲這樣，就覺得不試也沒關係，將來的道路會愈來愈狹窄。雖然不會也沒關係，但完全不去試，未免太可惜。」

馬倫思考著「如果是草壁老師會怎麼說」，謹愼措詞。

在這個世上，愈無用的長物愈美麗——馬倫想起教他薩克斯風的父親的話。

男孩嘔氣般垂下頭。沉默持續著，然後，他不服氣地噘起嘴：「最後還是非做不可嘛……」

「也不是非做不可，不過如果不嘗試，怎麼知道吹的是順風或逆風？搞不好，根本沒風。你願意挑戰，眞的很棒。」

「眞的嗎？」

「當然。」

「你眞的這麼想？」

「是啊。」

男孩有些害羞，繃得緊緊的心情似乎頓時變柔軟。「可是，我試了也做不到。」

「所以是逆風。」

「嗯……」

「現在還是逆風嗎？」

「嗯。」

「你再試一次看看。」

「咦……」

馬倫退後一步，取出運動毛巾，從男孩背後穿過腋下，讓他同時握住毛巾的兩端和單槓。運動毛巾撐住男孩的腰臀，身體和單槓緊貼在一起，這次輕易便成功後翻上去，簡單得難以置信。

「瞧，成功了！」

男孩不曉得是被戳中笑點，還是感到興奮，咯咯笑個不停：「這什麼？太奸詐啦！」他拿運動毛巾當輔助帶，開心地不停後翻上單槓。

「只要有毛巾，隨時隨地都能順利做到。即使有些取巧，也要記住這種感覺。一點小技巧，或許就能完全扭轉你的恐懼意識。」

男孩的隨行杯掉在軟墊上，馬倫挪到安全的位置，瞥見水壺底部寫著小小的英文字母：AKARI（朱里）。後藤朱里。原來是姊姊傳給弟弟的……看來，這個男孩果真是管樂社學妹的弟弟。馬倫發現在意想不到的地方，結下新的緣分。

我也要！我也要！周圍的學童也用毛巾如法炮製。只要抓到訣竅就會感到有趣，一旦覺得有趣，便能發掘出其中的深奧。第一次自力成功似乎令他們開心不已，只見人人笑容滿面，轉個不停。

名越交抱著手臂走近。他凶狠地睥睨抓到進步訣竅的孩子們，誇張地「嗯嗯」點頭。

「在今天的特訓中還是學不會後翻上單槓，你們就回媽媽的肚裡重生一遍吧！」

名越撂下話離去。忍無可忍！我要宰了他！一名學童追上去，從背後給名越一記飛踢，馬倫並未制止。

休息時間，馬倫在名簿上寫下註記，同時接受體育系大學生教練的建議。你很會教小朋友耶，什麼社團的？管樂社？練習非常辛苦吧？你有時間在這裡搞這些嗎？呃，我也感到有些莫名其妙——在這樣的對話中，馬倫若無其事地打聽名越的打工是不是只到今天。

雖然是那副德行，可是都沒家長來抗議那傢伙的教法，實在不可思議——大學生教練爲名越結束打工感到惋惜，於是馬倫確認名越遵守了約定。

## 3

他還得知幾件事。

打工的僱主不是體育家教公司，而是這兩名大學生。名越完全只是幫忙，以車馬費的名目領取酬勞。每星期上一次課，兩個人三千圓，實在不能算是優渥。兩名大學生想付他們更多錢，但名越和藤間堅拒：「這樣就夠了。不，我們非常想要錢，不過有點難解釋……」不僅如此，每次打工結束，名越和藤間會跑去附近的大阪燒店，把三千圓酬勞花個精光。

如果打工的目的就像名越說的，應該是「戲劇社需要許多器材」。他們不是要存錢買器材嗎？

馬倫望向名越，準備晚點逼問他。名越在單槓附近，被孩子們團團圍繞。「胖子，認眞一點！」「老師煩死了！」「白痴！」雙方對罵著，但不是眞心動怒，孩子們像在發洩平日的鬱悶，樂在其中。連看似毫無自信的沉默女孩，也仰身哈哈大笑，判若兩人，眞的很歡樂的樣子。孩子們總是模糊地期待著讓人眼睛一亮的好玩事物，在他們眼中，名越或許如同第一次看到的獅子或大象，刺激有趣。

「老師！老師！」有個男孩離開孩子圈，氣喘吁吁地跑向馬倫。是完全混熟的後藤。「欸欸欸，聽說你和我姊同一所高中、同一個社團，眞的嗎？」

馬倫不想偏心，所以沒說出來。名越告訴他了嗎？

「是啊，朱里同學的長號，是我們樂團不可或缺的一分子。」

「朱里同學！」後藤瞪圓雙眼大叫，然後又重複一次：「朱里同學！」接著，他踢動手腳大喊：「朱里同學～～！」

換成是名越，肯定會賞他一記頭槌，但馬倫最喜歡天眞無邪的孩童，所以仔細說明：「在社團，我們都用『同學』來互相稱呼。」

「咦，是這樣嗎？我姊是全世界最好的姊姊，最近她才一個人解決我們家的波奇案件！」

「波奇案件？」

「對啊，她幫波奇找到新的主人！」

馬倫從界雄那裡聽說，他幫後藤朱里爲棄犬尋找新飼主，吃了一堆苦頭。後藤的話中完全沒提到協助者界雄，看來朱里在弟弟面前獨攬功勞。要維持全世界最棒的姊姊的威嚴一定很辛苦。

「最近，姊姊啊，」後藤得意地說：「常常提到新的社長。」

馬倫湧出一股衝動，想要知道在學妹眼中，現在的自己是什麼模樣？

「朱里同學怎麼說新社長？」

「她說學長超棒的，會在假日跟狗玩飛盤！」

「這、這樣喔，其、其他呢？」

「上条、草壁，管樂社是天堂！是眼睛的保養聖地！」

馬倫覺得這是上帝借助孩童的聲音，告誡他在乎旁人的評價是不道德的。後藤一副迫不及待想說悄悄話的樣子，喊著「老師、老師」，拉住馬倫的胳臂。兩人避開周圍的目光，蹲下身。

「什麼？」

「欸，那邊有另一個老師吧？」

「名越老師嗎？」

後藤深深點頭，幾乎要把頭折斷，接著壓低話聲：「剛才我聽到，那個老師想拿走我們的『錢』。」

「咦？」

「好像是幾萬還是幾十萬圓。」

「怎麼可能？」

「這是壞事吧……？」

在兒童特有的漆黑大眼注視下，馬倫不禁沉默。世上唯獨他的死黨，絕不可能做出這種事。

然而，剛才一瞬間，他的自信動搖。每週一次領到的打工錢，雖然數字不大，但為什麼要在當天花個精光？名越不是想要戲劇社必備的器材嗎？

不管發生任何事，馬倫都想支持名越。他看著透進體育館窗戶的矇矓陽光，等待決心凝聚成形。

「我知道了，晚點我會問問名越老師。」

「好。」

「他絕不可能拿走你們寶貴的錢，這一定是誤會。」

「就、就是啊！」

後藤返回原地。是名越將過去的他救出苦海。馬倫在目光中使勁，把對名越的純粹信賴融入視線裡。

有一群學童依然無法在時間內成功後翻上單槓，沮喪萬分。名越站在他們面前宣布：

「現在要賜給你們的，是本大爺的電子信箱。」

名越將一張張號碼牌般的紙片分發給孩子們。二十一名參加者裡，有六名無法後翻上單槓。「這到底是什麼課？」兩名大學生教練說著，納悶地幫忙收拾單槓和軟墊。馬倫看到孩子們都寶貝地拿著紙片，問以毛巾用力抹臉的名越：

「你打算照顧這些學童到最後嗎？」

「在做得到的範圍內。光是知道有個人可以商量，心裡就會踏實許多吧？」

「這樣啊……」

「其實，我是上國中後才學會後翻上單槓。」

「今天來上課的小朋友聽到一定會生氣。」

名越不理會馬倫，繼續道：「有些孩子不管怎麼努力，就是沒辦法後翻上單槓，如同有些音痴不管怎麼訓練，永遠就是音痴，但又有什麼關係？只要世上有更多人能包容這樣的人，這些事便不再是煩惱。那不是他們的問題，而是週遭的我們的問題。我要一對一好好告訴他們這個道理。」

雖然感覺被唬弄過去，但他居然有一瞬間懷疑這樣的死黨，心中總有一絲羞愧。但既然他已答應後藤，最起碼得確認一下。

「名越，我有話要跟你說。」

「我也是。」

「咦？」

「說出來嚇死你。」名越搭住馬倫的肩膀，用力拉近，然後指著今天課程中成功後翻上單槓，表情完全放鬆的孩子們。「他們的體育課會教嘻哈舞耶！」

「那不是很好嗎？」

馬倫在美國看過許多青少年，透過舞蹈釋放無法言喻、連自己都難以理解的憤懣或精力。上条和穗村說，在日本如果要釋放壓力，只能在夕陽下的河畔互毆。雖然馬倫十分懷疑是不是眞的。

「比起跳舞，演戲更有幫助好嗎！」

名越大聲反駁，馬倫不禁想伸手覆額：啊，又開始了。不出所料，收拾準備回家的孩子們冷哼嘲笑，互相點頭說：「誰要玩那種家家酒！」「就是啊！」名越這個孩子們從未體驗過的刺激物，讓他們在短時間內變得極爲團結。

「你們說什麼？」別認眞就好，名越卻惱怒起來。「只要演戲，等於是能同時學到如何說話、如何做出有說服力的演講。別小看聲調、眼神和表情的力量。整天只曉得抄寫漢字，最後會變成無聊的人。」

眼前的名越就是活生生的例子，所以有一定的——不，毫無說服力可言。

「誰要演講啊！」

孩子們吵吵鬧鬧地報以噓聲。面對這些孩童，名越卻不停提高對話水準。

「對你們還太早，不過有部電影叫《王者之聲》，主角的王子說『我沒辦法演講，所以我沒資格當國王』。聽到了嗎？即使不會念書、作文寫得很爛，只要會說話，就能當總統或指導者，懂不懂？」

名越，讀書也很重要啊——馬倫拉扯名越的運動衣袖子勸道。

幾個孩子就算完全不明白，仍帶著銳利的觀察目光，專注地看著，豎耳聆聽。少子化導致社團活動岌岌可危，然而戲劇社有名越的舌粲蓮花，才能勉強招到足夠的社員。管樂社不能漫不經心下去，悠哉地佩服「在某種意義上，戲劇社是管樂社的勁敵」。

名越反抗：「哎，放開！給我放開！」

「冷靜下來，這裡不是舞台。」

名越露出大夢初醒的表情：「難道這裡是醫院，你……你是醫生嗎？」

「你突然發什麼神經？」

「沒有啦，其實之前我和上条寫過這樣的劇本（請參考〈極短篇——穗村千夏同收未採用劇本哏〉）。我欣賞上条多餘的無用才華，及連一丁點都不肯去贏得女生青睞的態度。」

「抱歉，我完全聽不懂。」

「啊，你不是有事要跟我說？」

「你終於想起來了。」

「是什麼祕密嗎？」

名越轉過身，兩人前往更衣室。背後傳來節奏活潑輕快的「噠噠噠」腳步聲，馬倫回頭一望，發現幾個孩子跟上來。他們的眼睛閃閃發亮，像在表示絕不會放過好玩的事。馬倫小聲朝名越的背影告知現場狀況，形同丟蘋果和香蕉給猴子的當事人居然說：「不要對上他們的眼神，他們跟猴子一樣。」背後響起孩子們招兵買馬的聲音「喂，先不要回去，還有好玩的」，感覺聲勢益發壯大。

兩人進入更衣室，關上門。「讓我們進去！」孩子們在外面「咚咚」敲著門，馬倫的背部頂住門。

馬倫想深呼吸再開口，不可未審先判。「名越，你沒瞞著我什麼事吧？」

名越一邊的眉毛顫動一下，沉默地搔搔下巴，似乎在思索。接著，他垂下目光，別開視線。

「我是沒瞞著你什麼事，不過今天有話還沒告訴你……」

「讓我們進去！讓我們進去！」門外傳來齊呼口號似的鼓譟聲。

「還沒告訴我？」

「距離目標的十萬圓仍差一點。我想利用這次的打工，向外面那群小鬼要到缺少的『錢』。」

名越承認嫌疑，乾脆得令人驚訝，馬倫大受衝擊。他惡狠狠地瞪向名越，要求解釋：「你知道自己在說什麼嗎？」

「我就沒『錢』嘛，有什麼辦法？」名越的臉頰緊繃，擺出要賴的態度回望馬倫。

「對方是小學生耶！」

「只要不曝光就沒問題。」

馬倫頗爲困惑，爭辯道：「有些事情可以做，但有些事情是不能做的。」

「我想效率十足地籌到『錢』啊。」

面對名越的變節，馬倫覺得胸口彷彿被刺一刀。「你怎會變成這樣……」

「比起他們自己留著，交給我更有益處。」

「名越！」注意到時，馬倫的右手抓住名越的運動衣胸口，把他按在寄物櫃上。他第一次對死黨做出這種可悲的行動。「我眞是看走眼，沒想到你居然會爲錢墮落到這種地步！」

名越眼中的焦急淡去，變成保身的自私神情。「太遲了。」

「太遲？」

「我也幫你留了一份，你會助我一臂之力吧？」

幫我留了一份……馬倫覺得全身的血液瞬間流光。

名越甩開馬倫的手，九十度彎腰，合掌懇求：「拜託，我需要『錢』，只要有『錢』，就能弄到器材。」

「錢、錢、錢，你……」

「只要別亂丟，認眞蒐集，意外地很有用處。」

「名越，我……」

「起初我也嗤之以鼻，可是愈調查，愈覺得希望頗大。」

馬倫曖昧地點點頭，眉頭深鎖，開始覺得其中有什麼重大的誤會。他乾咳一下，愼重起見，再次確認：「你……是在說『錢』吧？」

「我是在說『鐘』啊？（註）」

「錢？」

「鐘。」

「Money？」

「Bell。」

馬倫從對話中聯想到一樣東西，急忙從運動衣口袋掏出剛才撿起的紙片。那是沒有握柄的手鐘圖案，以及數字。他把紙片放在手掌上端詳：「我在體育館撿到這個。」

「啊，就是那個！大概是我掉的。上面不是有點數嗎？」

「點數？」確實有。「這是兩點嗎？」

「這叫『鐘標』，是印在食品或日用品包裝上的小圖案，兌換率是一點一圓。這樣啊，你應該不知道吧。」

馬倫在日本住了八年，這是樂器圖案，但他根本從未留意過。原來這圖案是附在商品上的嗎？「你在蒐集這個？要蒐集到十萬圓的份？」然後馬倫強調似地問。假設一枚兩點，就是五萬枚，根本無法想像。

「蒐集起來的確辛苦。不，純粹蒐集倒還好。」

「咦？」

「鐘標的制度有點複雜，換錢的過程非常麻煩。」

註：日文中，錢（金，kane）和鐘（鐘，kane）的發音相同。

「不要推！」「不要擠啦！」不知不覺間，孩子們湧入更衣室，充滿期待地聆聽，彷彿在說：「我們也參與了有趣的世界。」

宛如和女友的爭吵遭人目擊，馬倫頓時感到丟臉，整副耳朵都燒起來了。

「你不覺得略稱『鐘』容易混淆嗎？」

「看你似乎誤會了，忍不住想逗你……嗳，不能大剌剌地說『鐘標』，也是有理由的。」

「理由？」

「說來話長，實在太長，無聊到連我自己都聽不下去。」

馬倫發現自己交抱著胳臂，於是放開雙手，總算做出決定：

「嗯，那我就不問了。」

他想快點結束這邊的事，回去管樂社練習。成島在等他。

「等等、等等！我想說啦！」名越發出比在場的孩童更幼稚的嚷嚷聲。接著，他換成哀求的口氣，磨蹭上來：「剛才逗你，眞的對不起啦，馬倫。」

「哦……」

「我現在要說的事，算是跟某種寶藏有關，肯定會讓人興奮不已。因爲我們發現市內埋藏著大量的鐘標！」

名越的眼神變得銳利，激動地述說。坐在地上的孩子們咕噥著：他在扯什麼？寶藏？怎麼不講航海王的事？

## 4

契機是社費的現物給付。

一切要回溯到五月。

當時的學生會長日野原秀一來到戲劇社社辦，丟下兩個紙箱，說：「預算不夠，這個送給你們，將就一下吧。」戲劇社的人不明所以，打開一看，發現裝著滿滿的鐘標。據說是學校的家長會放棄計算工作，累積十年份的鐘標。面對學生會長這般豈有此理的行為，戲劇社成員都不禁抓狂。甚至有成員大叫：從北邊的社辦拿火箭過來，我要炸死日野原再自殺！南高很多這種瘋癲的學生。

這裡整理一下要點：

「鐘標」是由贊助廠商、家長會與財團三位一體推動的活動名稱。只要蒐集商品包裝上印刷的鐘標，寄到財團，就能購買相當於點數的商品。換句話說，可申請參加這項活動的，僅限於幼稚園、學校及公民館。

作業流程如下：

①以剪刀或刀子裁下商品包裝上五公厘到二公分大的鐘標圖案。紙製品還好，如果是印在塑膠膜上，就會捲起來，連吹個氣都會飛走。如果是零嘴包裝，還會搞得油膩膩。

②依照贊助廠商分類後，再依點數分類計算。廠商的數量超過上千家。另外，最好貼在紙上，方便財團檢查計算。

③將分類、計算完畢的鐘標寄到財團，贊助廠商便會依點數將金額匯入指定的銀行帳戶，如此，鐘標就變成金錢。

④從一份名為《購物指引》的專門目錄上，挑選想要的商品購入。購入金額的一成，會由贊助廠商捐贈給財團的「偏遠學校援助資金」。財團會運用這筆資金支援國內外各領域的活動。換句話說，購買自己學校設備的同時，也能幫助其他有困難的學校，還會有援助物資送到地震等受災學校。

此外，存入指定銀行帳戶的錢，由於與財團之間的合約限制，無法提領為現金。

名越利用更衣室的白板和白板筆大聲說明，好讓在場每一個人都能清楚聽見。但他並非普通地直接說明，而是刻意沉重地停頓，彷彿別有深意，或是突然轉爲懇切細述的語氣，好吸引對方聆聽。這些都是爲了確定自己的話有沒有否切實傳達給對方。

被驅逐到南高舊校舍的文化社團成員，必須積極宣傳自身的存在，否則無法倖存，所以製作簡報都很有一手，實在是可悲的習性。名越從包包裡取出一份引人好奇的報紙《鐘標新聞》捲起，拍打另一隻手，開口：

「我們學校的家長會，在①與②的階段就放棄了。聽說，即使花費大半天，頂多也只能整理兩千點，但家長會仍耐性十足地想繼續下去，不料某個家長居然大剌剌地拋出一句：『我捐出同樣的金額就是了，廢除這個制度吧！』搞得所有人幹勁全失。」

在各種意義上，孩子們都歪頭表示不能理解。馬倫混在其中，舉手說「我有問題」。

「什麼事？」

「這個……就類似買多少東西存多少點的點數制度吧？」

「是啊。」

「現在科技這麼進步，爲何要採用這種落伍的人工方式？」

或許是隱約有著相同疑問，孩子們喧譁起來。

「這可是持續五十年以上的制度。」

認眞聆聽的馬倫皺起眉頭，益發困惑。這實在太神祕了。

獨步全球、日本專屬的鐘標制度，能夠屹立不搖超過五十年，當然自有道理。裡頭或許隱藏有助於開創未來的重要線索，我決定積極調查一番——絕不是我很閒喔！在這裡聽到的你們，拿去當成明年暑假的自由研究主題沒關係。再怎麼說，鐘標可蒐集的種類，多到足以媲美寶可夢。有些意外的商品，點數特別高。把暑假期間蒐集的鐘標，像昆蟲標本一樣貼起來交出去，你們老師包準會大吃一驚。

噢，偏題了。

先講結論，雖然數字有些波動，但財團自成立「偏遠地區學校援助資金」以來，平均每年都能收到約七千萬圓的捐款。正確地說，是相當於七千萬圓的設備用品捐贈。在缺乏捐贈文化的日本，算是持續運作得很好的制度。附帶一提，鐘標換到的錢，沒半毛拿去當財團的營運經費。

鐘標最大的問題，就像我剛才提到的，是①與②的分類，及計算方式缺乏效率。雖然可在社區成員相聚、共同完成一件事當中找出意義，但需要的作業量非比尋常，極爲繁瑣。所以，只因鐘標納入家長會活動，便被半強制性地任命爲鐘標委員，不免會出現有人抗議「放過我們吧！」的案例。

縱觀以上狀況，粗魯地總結鐘標的特色，便在於「經濟效果」及「精神成果」的並存。我不想批評在追求效率的現代，刻意標榜「非效率的效用」的財團。我個人認爲，財團頑固地堅持這個制度的態度，近似在炎炎夏日舉辦的高中棒球甲子園大賽。

「在大冬天舉辦的箱根驛傳馬拉松接力賽，不也是這樣嗎？」

有孩童悄聲低語，跟不上話題的馬倫焦急地左右張望。

「嘿，噓！隨便亂講話，會有戴墨鏡的大人出現，把你們抓走喔！」

名越吐出不知是開玩笑還是認眞的恐嚇，孩子們嚇得渾身哆嗦。名越似乎認爲鐘標制度源自軍事性的鍛鍊，其中蔓延著過時的精神論，對此有所批判。不過，美國的大聯盟和歐洲聯賽，出於相同的理由也會過度操練選手。不論任何時代或國家，都是半斤八兩。

馬倫後來從成島那裡得知，某個男性偶像事務所的後援會，會費繳納方法也未引入數位支付，堅守手寫郵匯的傳統方式，粉絲可在麻煩的手續中重新堅定自我的信仰。至於爲何成島這麼內行，馬倫怕得不敢多問。

「爲了避免偏題，我想介紹一下一群巧妙善用鐘標制度的人。」

聽到名越這麼說，馬倫純粹感到驚訝：「眞的有這種人？」

「就是有，剛才提到的『偏遠地區學校援助資金』才會有捐款啊。有人刻意投入這耗時費力又麻煩的作業，找到方便作業的計算方法。聽好，只知道埋怨現況，坐等透明公開、平等合理、任何人只要努力就有回報的機會，就不會有成功者和其他大多數庸人的差別。方便起見，就稱爲『鐘標強校』吧。」

鐘標強校……名越形容得愈來愈像社團活動，馬倫感到輕微的混亂與警戒。從名越截至目前那得意洋洋的饒舌口吻聽來，或許他已著手創作描寫日本某校鐘標社團活躍的新劇本。

「各位，現在我要來考考大家。」名越試著炒熱氣氛。「如果想打入全國統計排行前三十名的學校，每年必須蒐集多少鐘標才行？」

不出所料，沒有任何人舉手。孩子們都露出常見的、腦袋一片空白的呆滯眼神，看著名越。他揚起嘴角，微微噘著嘴唇，一副迫不及待的樣子。無奈之下，馬倫代表開口：「兩、三萬點嗎？」

「你瞧不起鐘標人啊？」新發明的詞彙令馬倫和孩子們都感到困惑。「答案是二十萬點。若是前五名，要五十萬點以上。鐘標強校大多是固定那幾所，等於他們每年都能拿到相當於這些金額的設備用品。」

「呃，那個……」一名勇敢的孩童嘴巴開開闔闔，終於發出聲音。「可以拿到任、任……任天堂DS嗎？」

「我最歡迎這種問題。不過很遺憾，這類個人娛樂用品不在清單內。必須是學校裡能一代傳一代的用品。所以，我調來《購物指南》翻看一下。」

「八成是跳箱、足球之類的吧？」孩童之間傳出苦笑。

「不，說出來嚇死你們。這份清單每年都在進化，不光是大家希望學校有的東西幾乎都在裡面，甚至可說是應有盡有，保證你們會大驚：『咦，連這個也有？』最新款筆電、數位攝影機、DVD播放器、空氣清淨機都只算基本款，好玩的有夢幻遊樂器材『神轉王』，或孩子們最愛的泳池溜滑梯等等。」

夢幻遊樂器材『神轉王』……？聽來像怪獸名的東西到底是什麼？對日本文化深感

興趣的馬倫不禁傾身向前，想像起來。

「防盜設備銷路也挺好，畢竟社會治安愈來愈糟，校方總是等到出事才應對，所以家長會和孩子們主動出擊，財團和贊助廠商也認眞回應。附帶一提，有家廠商還調整包裝膜的纖維方向，讓鐘標更容易剪下。注意到廠商的這些努力，才有資格稱爲眞正的鐘標人，不是嗎？」

名越的演說實在太熱情，孩童之間傳出驚嘆：「聽不太懂，可是好厲害。」「完全聽不懂，不過感覺很猛。」馬倫見識到孩子們媲美海綿的吸收力萌芽的瞬間。

只是，後藤等低年級的孩童似乎玩累了，腦袋一頓一頓地打起瞌睡。馬倫覺得孩子們還是應該要這樣才對。

話說回來，名越未免扯太遠。追根究柢，這是他們兩個男人之間的事。馬倫走到名越旁邊，想將問題導回正軌。

「那麼，你打算怎麼處理日野原會長給的兩箱鐘標？」

「我得聲明，那些鐘標並未分類，也沒經過計算，形同垃圾。」

形同垃圾……馬倫應道：「那我更想知道了。」

「剛才我提到鐘標強校。」

「對。」

「那是極少數的學校，實際上落敗的學校更多。我說的落敗校，就是怎樣都提不起勁去處理鐘標的學校，或是認爲鐘標不符合時代潮流，形同放棄處理的學校。」

「嗯、嗯，我懂。」馬倫覺得沒人能責怪他們。

「當然，南高也是鐘標落敗校。」

「這不必強調。」

「鐘標必須蒐集非常多，才能買到像樣的東西，因此落敗校只是惰性地累積鐘標。沒分類也沒計算，直接存放的鐘標，稱爲醃漬狀態，有些甚至放了五年、十年。」

可能是開始感到無聊，更衣室裡無所事事的孩子們吵鬧起來。一片鬧哄哄中，名越拿白板筆在白板上補充一些文字：

A校　一萬三千點
B校　一萬五千點
C校　一萬點
D校　一萬二千點

「醃漬狀態的鐘標，頂多一萬多點。比方，像這樣從A校到D校都在蒐集，即使想要五萬點分量的設備用品，也沒有任何一校買得起。」

馬倫附和，催促著下文。

「不過，如果把各校的鐘標集中到一校，就能得到五萬點。」

「做得到嗎？」馬倫覺得這是邪門歪道。

「唔，不是能正大光明去做的事。」

表情豐富的名越目光游移，馬倫大概看出來了。他之前提到「不能大剌剌地說鐘標，也是有理由的」，是不是私底下互相通融？雖然會衍生其他問題，但當成有效活用積存太多、形同垃圾的鐘標，也不是不能贊同。畢竟一樣是拿來購買學校的設備用品，而且有捐贈活動，算是達成鐘標的理念。

「你說醃漬，表示還沒分類，也沒計算嘍？」

馬倫想起和名越一起吃午飯的情景。若他記的沒錯，戲劇社角落的地上丟著紙箱、剪刀和膠帶。

「是啊，我試著動員戲劇社去整理。社辦悶得要命，但一開窗，風就吹得鐘標到處都是。甚至有社員說：『我付一千圓就是了，可以放我回家嗎？』（就是大塚，請參考《千年茱麗葉》中的〈決鬥劇〉）大夥當場吵了起來，我們沒辦法處理。」

馬倫很熟悉那名血氣過盛的戲劇社成員，不難想像當時的狀況。「所以呢？」

「爲醃漬狀態的鐘標頭痛的，不只有我們。」

「咦？」

「市內某個國中女生也有相同的煩惱，最後想出解決問題的好主意。她試著讓班上同學的弟弟去做，終於順利成功。」

順利成功？

面對意外的發展，馬倫暫時陷入沉默。

## 5

「那個好主意到底是……？」半晌後，馬倫總算再次出聲。可說是固若金湯、恆久不變地延續至今的鐘標制度，一個國中女生是如何破解的？他十分好奇。

「連小女生都想得出來，你要不要猜猜看？」

聽到名越這麼說，馬倫默默沉思。關於鐘標的制度，他已聽過說明。

「規則有漏洞？」

「鐘標持續五十年以上，如果有漏洞，應該會被人發現吧？」

眞傷腦筋，我想得到嗎？

迷惘之際，馬倫總會回歸基本。

住在美國的時候，馬倫曾加入童子軍。他想起課程中的定向運動。不知爲何，比起抄地圖上沒有的捷徑或小路，選擇正大光明的大路，反倒更快抵達目的地。

馬倫往太陽穴使勁，絞盡腦汁。這時，運動外套口袋裡的手機振動。掏出一看，是成島傳來簡訊。今天的練習內容是草壁老師不在的版本，馬倫想起曾在後翻上單槓課的空檔傳訊問成島：「狀況如何？」成島回覆：「你一離開，就變成班級崩壞狀態。」接著，她附上令人全身凍結的一句話：「跟戲劇社在一起好玩嗎？」礙於名越和孩子們都在場，馬倫努力表現出老神在在的模樣，卻有些惴惴不安。

「名越，我發現一個明確的事實。」

「什麼？」

「強校與落敗校之間的差異。」

名越默默聆聽，馬倫繼續說下去：

「關於鐘標集點活動，有人想要投入，也有人避之唯恐不及。」

「確實如此。」名越摩挲下巴，詭笑著應道。

「分類和計算方式都一樣，這些作業終究得有人負責。」

簡而言之，如果能再多一隻手就好了——

會不會和演奏樂器手鐘的煩惱，有著共通之處？

「你不是提過嗎？那個國中女生讓朋友的弟弟**試著做做看**，也就是找人幫忙。當然，是時間多到沒處花的人。人數愈多愈好。名越，我只想得到鎮上的老人。」

「猜對了。」

「咦，眞的假的？我猜對了？」馬倫有些錯愕。

「她請市內幾家老人院協助，讓小學生抱著裝滿鐘標的紙箱去拜訪。」

馬倫露出難以釋然的表情：「不過，在超過五十年的歷史中，這點子早就有人想到並實行了吧？居然把最麻煩的工程丟給老人家……感覺在利用別人的好意，我實在不欣賞。」

「喂喂，這對老人家也有好處啊。」

「鐘標的商品嗎？點數折半給他們。」

「不，前提是點數全歸那名國中女生。她到處去要形同垃圾的醃漬狀態鐘標，當成他們學校的。」

「咦，老人家是做免費工嗎？」馬倫很驚訝，忍不住蹙眉。

「如果說什麼點數折半，事後一定會爲了分成起糾紛。一開始就談定全歸他們學校比較妥當。不過，在分類鐘標的時候，由小學生全程陪同，老人們開心極了。」

馬倫等待腦袋逐漸理解。

「也就是派孩童陪老人聊天嗎？」

「是啊，孩童是寶貴的聊天對象。我懂的，因爲他們不會把老人當成孩童。雖然有點複雜，不過聽說有職員把老婆婆當成幼稚園小朋友一樣對待，說著『奶奶，乖，我們現在來量血壓喔』，害老婆婆氣到血壓差點破表，甚至有照護員對老人唱起兒歌〈手手握拳，手手開開〉。」

狀況愈來愈複雜了。

「可是，這樣送鐘標過去的小學生沒任何好處。」

「別誤會，那個國中女生眞的十分精明，看出新的供需鏈。」名越意味深長地說，馬倫覺得他的眼睛亮了一下。

「供需鏈？」

「小學生反倒大排長龍，搶著參加。幾乎所有小學生都感動萬分：『第一次有人願意聽完我的話！』據說，她試驗性地讓學壞的國中女生去老人院拜訪，最後那女生也神清氣爽地回家。」

馬倫後仰，幾乎要發出驚呼。全世界的兒童共通的煩惱，居然以這樣的形式得到解決。

「一般來說，應該是父母要努力聆聽孩子們的話。」

「父母沒空啊。」

馬倫提出質疑：「資訊科技愈來愈發達，不是應該愈來愈追求效率嗎？」

名越微微搖晃身體，湊近馬倫：「就是這一點很不可思議。」

「哪裡不可思議？」

「社會變得愈來愈方便，人們卻愈來愈忙碌。以全國規模努力投入鐘標運動的非效率時代，心靈反倒充裕許多，簡直是禪門公案。我不禁覺得，鐘標制度能持續五十年以上，就是一股神祕力量對現代人發出的警告，隱藏著與我們的未來有關的重要線索。」

兩人頭挨著頭交談，無數的目光注視著他們。更衣室裡的孩童，目光中不帶一絲客氣。

差點被名越毫無根據的說法說服，馬倫甩一下頭，心想「不行、不行」。爲了回到正題，他壓低聲音：「回到剛才的話題，不用拿什麼鐘標當藉口，直接帶孩子們去拜訪老人院，不是更快嗎？」

「據說，藉著課外活動或擔任義工的方式去拜訪，雙方都會很僵，一定會失敗。另外有別的事要做，一起投入單純的作業裡，似乎就能抓到自然的距離感。」

「那個國中女生是何方神聖？」馬倫像是佩服，也像是讚嘆。

「你好奇嗎？」

「非常好奇。」

「她是眾多兄弟姊妹裡的么女。會想到這個點子，應該是她小時候都沒機會受到父母或兄姊的關注吧。」名越再次披露草率的推理。

「你不是說她精明？」

「這樣的孩童從小在人多擁擠的空間裡掙扎求生，往往會成長得特別強悍。」

馬倫總覺得似曾相識。沒有私人房間的大家庭系統，不可能製造出繭居族的大家庭……

「是嗎？」

「她雖然是么女，其實更接近日本動畫界首屈一指的知性角色磯野鰹（註）。她眞的非常精明，不僅僅是注意到市內醃漬狀態的鐘標，也完全沒付出勞力，只是打造出一個制度。由於實在太順利，分類和計算好的鐘標，點數頗爲驚人。」

這是小學生排隊參加，及受到孩子們需要的老人努力的結果。「總共多少？」

「據我打聽到的可靠資訊，超過三十萬點。」

馬倫不禁瞪大雙眼。依兌換率來計算，等同三十多萬圓。「這是一所學校的份？」

「不，八所學校的份。這下你明白，爲什麼我會比喻爲寶藏了吧？她等於是挖到金礦。」

馬倫不停眨眼，慢慢從鼻子吁氣。「蒐集這麼多點，要做什麼？」

「她太操之過急，本來打算拿那筆錢當大學學費。」

馬倫微微仰頭，想了一下：「學穗村同學的說法，有兩個地方可吐槽。」

「哦，第一個是什麼？」

「她完全搞錯鐘標的理念。」

註：動畫《海螺小姐》（サザエさん）裡的角色，海螺小姐的弟弟。

「第二個呢？」

「鐘標不能換現金。」

「沒錯，她太躁進，所以搞錯了，連少根筋的地方都跟磯野鰹很像。後來她發現這件事，整個人傻掉。分類和計算完畢的鐘標都貼在紙上，非常占空間。超過五十箱的紙箱陸陸續續送到她家，塞得水洩不通。準備考大學的哥哥蒙受池魚之殃，只得每天去圖書館念書。」

馬倫打心底同情那個女生的哥哥。

他表情認眞，保持著沉默。

這與其說是回收鐘標，或許說是小學生之間流行的煩惱諮商室熱潮比較貼切。「煩惱諮商」這樣的形容有些誇張，孩子們其實也隱約察覺到，現實中的煩惱幾乎都無法解決，光是有人願意完整聆聽他們的想法就滿足了。

只是，要把想法化爲具體極爲困難。

還無法說出口、從未說出口，甚至是難以訴諸言語的想法。

由於無法化爲言語造成的無盡寂寞、孤立於所有人之間的隔絕心情、無法和任何人互相瞭解的孤獨……

但仍希望有人聆聽。

希望有一個願意聆聽的對象。

馬倫想開口，卻又微微縮起下巴。要說出口的瞬間，他忽然猶豫。

名越歪著頭問：「怎麼？」

「我想起以前。」

「以前？」

「沒事。」馬倫閉上眼搖搖頭。他有自知之明。本來想說的，是別人難以理解的話。他內心有一種情感，從未向任何人透露，像表面張力一樣，岌岌可危地撐在邊緣。

他發現心中還有著當時的自己。（唔，你可以期待，應該會是一次獨一無二的寶貴體驗。）名越說的是真的。他得到日常生活中無法體驗的情感。在社團和成島聊天時，成島有時會露出非常寂寞的表情，或勉強表現出開朗的樣子。這下他總算瞭解為什麼。

馬倫覺得對她十分抱歉。

總有一天，他能夠與自身和解嗎？

馬倫搶在被死黨識破思緒前，像要重來般嘆一口氣：

「她真有趣……」

「那個國中女生嗎？」

「是啊。既然事情傳得這麼廣，約莫是她自己說出去的失敗經驗。會談論自身的經驗的，不論男女，基本上都是好人。相反地，只會說些泛泛之論的人，都頗無趣。」

「嗯，不愧是我的馬倫。那個女生散發一股冒失鬼氛圍，或者說，總是百密一疏，所以深受同學疼愛。雖然聰明，但讓人覺得必須在一旁守護才行。」

「讓人想一起支持她。」

「嗯，就是啊。」

「如果她加入我們管樂社，」馬倫稍微伸了個懶腰，望向更衣室的天花板。「大家都會很照顧她。」

「聽說她今年國三，明年或許會進南高。」

「那麼，我們得跟戲劇社爭奪她嘍？」馬倫回以微笑。

更衣室裡的孩童有一半都抱膝坐下，打起盹，似乎玩累了。今天的後翻上單槓課已解散，不能一直賴在這裡。名越正想擦掉白板上的文字，忽然皺起眉，不開心地鼓起腮幫子：

「我壯大的計畫——不，我的話還沒說完。」

「啊，抱歉。」

「我們透過後翻上單槓課，到處打知名度，費好大一番工夫蒐集到這麼多資訊，還請協助我們的學生吃大阪燒。」

「協助……？」

「那個國中女生打造出這樣的制度，豈有不利用的道理？」

馬倫差點笑出來。那個國中女生是個怪胎，但眼前的死黨更是不遑多讓。他終於解開名越一連串神祕行動的謎底。「你只是趁亂搭人家點子的順風車。」

「怎麼能不搭？」

「這計畫一點都不壯大啊。」

「別這樣說。許多小學生還在排隊，但那個國中女生已失去幹勁。我沒辦法見死不救，唔，硬要說的話，是我任意繼承她的事業。」

「很像你的作風。」

「我可不會重蹈她的覆轍。戲劇社想要的器材，《購物指南》裡都有。」名越手指在半空中撥弄著，彷彿在打看不見的算盤。「首先，分類和計算學生會給我們的鐘標，總共是一萬四千點。這是先搶先贏。畢竟我有藉由後翻上單槓課建立起來的人脈網路。

我透過學生和家長，大張旗鼓地回收變成各校家長會燙手山芋的鐘標。」

名越不在乎低廉的打工薪資，而是選擇大口咬上依然沉睡在市內、處於醃漬狀態的鐘標的挖掘工作嗎？馬倫沒吐槽：「與其把心思放在這上面，怎麼不多用功一點？」名越的打工今天就結束，應該是差不多已達到目標。

「聽起來，你的目標是十萬點。」

「那個國中女生拿走八所學校的份。你覺得市內有幾所小學、國中和高中？」

總覺得有什麼令人憂心的問題。是非常單純且重大的問題。

馬倫想阻止好友。

雖然沒有確實的根據，但他直覺認爲，不該用這種方法蒐集鐘標。

可是，他無法明確說明理由。

馬倫發現更衣室裡的孩童中，原本昏昏欲睡的後藤正睜大眼直視著他。後藤聽到多少、又理解多少？

後藤拚命伸長脖子，似乎有話想說。

「鐘、鐘標算是誰的東西？」

聽到這單純的疑問，馬倫和名越面面相覷。

「向市內學校要來的鐘標是我的。不，是我們學校——不，家長會的東西……」名越先開口解釋，卻也露出難以接受的表情。

馬倫也一起思考：「南高的份，是日野原前會長給你們的，應當沒問題，但其他學校呢？一開始或許覺得形同垃圾，所以讓給你們，但分類和計算結束，狀況又不同了。萬一有人要求『還給我們』或『分一些給我們』，你會怎麼處理？」

「這……」

「自力去完成麻煩的作業，鐘標才有意義。如果跳過這個程序，不免會爲該拿多少起糾紛。畢竟你沒出什麼力。」

名越茫然張口，又急忙閉起：

「不不不，我沒聽說那個國中女生曾因此發生糾紛。」

「如果是眞的，那就太奇怪了。」

「她是請對方寫下讓渡證明之類的嗎？」

「請誰寫？」

「呃，家長會代表或鐘標委員吧？」

一名國中生會要求大人做到這種地步嗎？馬倫仔細觀察白板上的文字。慢慢地，理解油然而生，他總算看見應該發現的重點。

「或許她比你更高明許多。」

「什麼？」

「鐘標落敗校的南高，累積將近十年的鐘標，才存一萬四千點吧？」

「嗯……」

馬倫指著名越在白板上補寫的A校到D校的數字。

A校一萬三千點、B校一萬五千點、C校一萬點、D校一萬兩千點——

「這數字十分具體。如同你提到的，落敗校頂多超過一萬點。」

「是、是啊。」

「假設蒐集到八所學校的份，就是快十萬點。然而，那個國中女生卻蒐集到超過三十萬點。中間差額的二十萬點，是從哪裡冒出的？」

「所、所以我才會說是金礦……」

「才沒有金礦那種不確實的東西。」馬倫反駁。「你不是說過嗎？能打進全國統計排行榜前幾名的學校，都會蒐集到近二十萬點。如果這**八所學校裡有一所是強校**，便符合計算。」

「強校？」名越的眼中充滿問號。「強校怎麼可能放棄鐘標？況且，她回收的是醃漬狀態的鐘標。」

「因爲那所強校有非放棄不可的理由。」

馬倫覺得一切的理由，都與演奏手鐘的煩惱有著共通之處。

人手不足。

人太少了。

名越用力抓頭尋思，接著停住。

「廢校嗎？」

「大概沒錯。」

「最近愈來愈多了。」

「只要查一下就知道。那八所學校裡，應該有一所面臨廢校的危機，現在恐怕已不存在。」

完全被搶先解開謎底的名越，低著頭憋笑。不久，他終於無法忍耐般哈哈大笑。

「你眞是太讚了！」

「但她終究失敗了。名越，不付出努力，得不到想要的東西。」

最後，馬倫還是必須對好友說出模範回答。

以上便是關於寶藏——大量沉睡在市內的鐘標事件的來龍去脈。

# 一人管樂社

成島美代子×???

人不是因爲難過而哭，是因爲哭而感到難過。

每個人應該都認得音樂教室裡，一字排開的大音樂家肖像的最左邊，也就是排名第一，誇示著嚴峻、高潔、偉大的巴哈的長相。穿著嶄新的制服，敬畏地立正的我，處在尷尬彆扭中，注視著不可隨意談論的「音樂之父」的臉。因爲我無事可做。

國中入學典禮三天後的放學時間，我在樓梯口慢吞吞地換鞋子，一對學姊跑來向我搭訕：「妳決定加入哪個社團了嗎？」新生說明會上，告知全校學生都必須參加社團。「還、還沒有。」我提著室內鞋，提心吊膽地應道。「要不要參加管樂社？」兩人說著，硬是把我拖去音樂教室，留下一句「我們去叫老師」，把拉門鎖上便離開。請各位想像一下，當時我有多麼忐忑和恐懼。

在這之前，提到樂器，我只接觸過直笛和口琴，當然也不會讀樂譜。不過，上國中後，我得知學校有管樂社。每次上學，一定會聽到校舍上方傳來正在晨練的社員吹奏的管樂器聲音，也就是風的樂器的音色，如今我已能一一分辨出來。

約十五分鐘後，音樂教室的拉門喀噠搖晃。「妳們怎麼把人家鎖在裡面！」老師像動物般吼叫，然後響起剛才的學姊的話聲：「對不起，我們怕她逃走。」當時我在做什麼？我撿起掉在地上的活動日誌，看得瞠目結舌。練習的內容，包括早上六點半開始的晨練，及傍晚四點到八點的練習。假日則從早上九點練到傍晚六點。我驚愕地瞪大眼，像看到什麼不該看的東西。管樂社成員似乎不多，卻一天到晚猛練……有這樣的嗎？

門鎖解開，拉門「砰」一聲打開。

以爲是來救我的老師，開口第一句就是：

「聽說妳要加入管樂社？」

我大吃一驚。微胖、圓臉、垂眼、蒜頭鼻、嘴角上揚，活脫脫是狸貓臉集合體的老師歡呼著，彷彿見到睽違幾十年的老友。他應該超過四十歲，愛迪達外套底下，是一件運動褲。他就是管樂社的顧問，也是兩年後帶領我們登上全國大賽舞台的老師。

你說後來怎麼了嗎？他們團團包圍從未接觸過管樂的我，逼迫我入社。我頑固拒絕，遭到近乎唾罵的指責——並未演變成這種場面。這場音樂教室軟禁事件後，管樂社成員似乎反省自制，我再也沒受到糾纏不休的邀約。

據傳，老師狠狠訓了她們一頓。

在提出社團報名表的期限以前，我有幾次和顧問老師交談的機會。

開頭那句話，是活躍於十九世紀後半的心理學家說過的話。是老師翻開書本告訴我的。

「不是因爲難過才哭嗎？」

「是因爲哭才感到難過。」

「不是……相反嗎？」

「成島同學，妳覺得是先有心靈，才有身體嗎？」

老師有時候說話滿武斷的，但基本上是個公平的人。他不會把學生當成小孩，從不直呼我們的名字，總是用姓氏加上同學來稱呼。我臉紅了。

「對……」

「比方說呼吸，人緊張的時候，如果放慢呼吸，情緒就會漸漸平靜。是先有身體的變化，才有情緒反應的結果，對吧？」

「……」

「除了呼吸以外，像是表情、發聲、姿勢、走路方式等等，都是先有這些日常行動，情緒才跟著上來。」

「……」

「如果先有情緒，人就麻煩了。」

「爲什麼？」

「情緒太概念性，根本不曉得存不存在。不是先有『零』，然後從那裡生出什麼。」

「……」

「所以，先有身體變化才說得通。妳不這麼認爲嗎？比如管樂，就是藉由呼吸蘊釀情緒。有些社員吹著管樂器，會忍不住笑逐顏開，也有人會感動哭泣。」

「吹奏樂器……就會笑嗎？」

「是啊。雖然沒辦法將無形的心意傳達給聽眾，但如果是用呼吸打造的心聲，就能傳達出去。」

老師整理出管樂的精髓告訴我。

我從以前就是個內向的人，表情也不豐富，經常引起誤解。愉快的時候笑不出來，也不擅長表達感謝。如果有理解我的人在身邊，人際關係或許會圓滑順利，但只有在家裡等我的弟弟聽，最能理解我。

我沒有心。

我曾悄悄爲此沮喪萬分。

但不是的。

原來不是先有心，而是先有行動。

行動會創造心。

呼吸會孕育出情感——

我應該一輩子都忘不了老師的話。從今以後，在這句話的激勵下，我可以活下去。

我報名管樂社。得知這件事的同學都驚訝地說：妳居然參加那種社團？古典音樂不是挺無聊嗎？是有覺得不錯的時候啦，可是，那跟看古老的繪畫很像不是嗎？怎麼講，模模糊糊，沒辦法激發想像力。搖滾樂或流行音樂更有高潮起伏，我比較喜歡。啊，對不起，我不是瞧不起古典樂，只是啊……聽著同學的意見，我並不以為忤，反而能坦然接受。被軟禁在音樂教室的遭遇，鮮明地在腦中復甦。我看到巴哈的肖像，有了自己的一番發現。關於巴哈的那副表情，他肯定完全沒料到自己的作品會流傳後世，想必比任何人都為自己被被神格化感到困擾。不僅是爵士樂，甚至被當成饒舌樂素材的古典音樂，早已深入我們的生活，不管再怎麼受到改造，都不會失去光輝。就像同學說的，古典樂雖然有曖昧不明的部分，但如同傳達靜謐感動的漣漪，不會令人厭倦生膩，非常不可思議。不管聽上多少遍，都讓人充滿美女回眸般揪心的美好情感。

我分配到的樂器是雙簧管。

是金氏世界紀錄認定爲全世界最難學的木管樂器。

爲什麼要我吹雙簧管？我向老師提出這個單純的疑問，老師不當一回事地說：

「金氏世界紀錄不過是一家啤酒公司出版的冊子，還向人收錢刊登。成島同學，不可以被這種傲慢的世界紀錄牽著鼻子走。」

其實國中和高中的管樂社，許多顧問都不知道該如何教導初學者雙簧管，但相反地，有實力的顧問則是迫不及待想在學校裡，從頭培養新的雙簧管演奏者。

老師是後者。他用學校的預算不斷買教材給我，於是我開始了每天練習的日子。

## 1

最近有點失常。

動不動就想起國中的過往。

星期六的練習結束，社員全部回去以後，一個人留在社辦的成島美代子坐在折疊椅上，摘下眼鏡。她疊起鏡腳，將眼鏡倒放在桌上，接著伸長雙手，頹然趴倒在長桌上。

這是不想被男社員看到的姿勢，她全身都被沉重的倦怠侵蝕。

顧問草壁老師出差不在。原本監督者不在的時候，社團活動必須暫停，但幸好擔任副顧問的副校長在校內，可採自主練習的形式。不過，其實就算副校長不在，他們也會找別的老師當形式上的代理顧問。

成島在三年級生退出社團後的新體制中，擔任副社長的職位。應該有更恰當的人選吧？像是穗村同學、穗村同學或穗村同學。她感到不知所措，但這是投票決定的，不能有怨言。她達觀地視爲自己被賦予的角色。當然，她感到不安。唯一的心靈支柱，就是知心的馬倫被選爲社長。和馬倫一起，就可以順利盡好職責。

成島主要的工作自然是輔佐社長馬倫，及製作預定表等行政雜務。她很認眞，會主動找到工作，默默做好該做的事。不過，她不會勉強自己，知道適度取巧，即使發現屋頂漏水，也不會想整個翻修，選擇暫時鋪上塑膠布，應急處理。對她來說，重要的不是修好屋頂，而是找出哪裡漏水。

自從進入新體制後，管樂社著重在透過和聲與齊奏去感受泛音的練習。除了美民的社員外，現在共有二十二名社員，必須以這樣的樂團組成，來熟成音色。在練習的日子裡，會徹底練習到能演奏出穩定的泛音。希望幾個月後，將會轉變爲另一個次元般的穩定音色。

今天的練習，由於社長馬倫中途離開，超乎想像地消耗體力。因爲樂團頓時失去統一感。她想到幾個可算是漏水的原因，還是痛感馬倫的存在至爲關鍵。說這種話或許會引來訕笑，但馬倫的背影很棒。再也沒有比背影更毫無防備、卻又勝過千言萬語的身體部位。持續吹奏管樂，成島深刻瞭解到這一點。光是成員中心的馬倫在場，整個氣氛就不一樣。

成島趴在桌上嘆一口氣。長桌角落擺著一盒卡樂比薯條零嘴，宛如供品。那是穗村一臉歉疚地說著「今天眞對不起」，留給她的點心。往後還會需要多少盒？

窗外透進來的陽光反射在某樣東西上，刺激著她的眼角。轉向旁邊一看，簧片盒的釦子沐浴在夕陽餘暉下。她稍微撐起身體，也看到了雙簧管的盒子。她從國中一直使用至今，盒身上細微的刮痕變得十分醒目。這些傷痕實在惹人疼惜。

成島喜歡雙簧管。對於聽到雙簧管也不曉得是什麼的同學，她懷著斷腸般的心痛，以路邊拉麵攤宣傳用的嗩吶來解釋。雙簧管和嗩吶是具有相同血統的雙簧片樂器。

擁有纖細的音色、即使吹奏起富有感情的顫音也極爲自然的這個樂器，會在合奏的關鍵時刻脫穎而出，具備獨奏的要素。以歌聲來形容尤其貼切，會讓人有種樂團裡偷偷混進一名女低音歌手的錯覺。

但不全是優點而已。雙簧管是較適合交響樂團的樂器，不論好壞，吹奏者的技巧都能整個改變管樂的色彩，也因此不像其他樂器一樣能矇混過關。甚至有極端的說法認爲，如果技術不到家，或只是爲了湊人頭，倒不如索性不要雙簧管。雙簧管相當昂貴，消耗品簧片也十分花錢，而且不像小號或單簧管那樣，是可由多名演奏者熱鬧演奏的樂器，多半被迫孤立，只有一名雙簧管演奏者的學校並不稀奇。何況，要吹好這音程不穩定的樂器，還需要莫大的耐性。

受過殘酷的音樂英才教育的芹澤曾評論：「雙簧管在交響樂團裡形同女王，然而待在管樂裡卻眞的非常不幸。等於是爲了一點點的獨奏就被拖進來。」眞的很像她會說的話。或許就如芹澤提到的，在國高中的管樂世界裡，多餘的雙簧管能大展身手還是慘遭埋沒，全看顧問的方針。

在這一點上，成島頗爲放心。

草壁老師率領的南高管樂社，需要她的歌聲。

等待獨奏的期間，她擅長躲在背後，做爲副旋律融入周圍的音色。她努力練習，好在眾人華麗的合奏之間，加入特殊的點綴。今年暑假天天都來社團報到，完全沒放到盂蘭盆連假，她也絲毫不以爲苦。

而且，這樣的大量練習，她在國中的時候就經歷過。

去年十二月，仍是初生之犢的穗村雙眼閃閃發亮地跑來，問曾登上普門館舞台的成島：「爲了站上全國大賽的舞台，你們練習多久？」當下成島曖昧地帶過話題。爲了打入全國大賽，必須放棄管樂之外的一切，她實在說不出口。她不希望穗村放棄許多的可能性。

放棄……

成島想起弟弟聰，拭去滲出眼角的淚水。

以彎曲的食指拭淚。

不是難過才哭。

是因爲哭，所以難過。

明明下定決心不再哭泣，要往前邁進。

最近眞的不太正常。她變得容易感傷，一點小事就能讓淚腺鬆弛。

是以前的管樂社朋友打電話來的緣故嗎……？

約莫一星期前，朋友突然打了她的手機。成島隨父親的調職搬家，等於是國中畢業後，她們第一次聯絡。朋友探詢地問：「美代子，妳過得好嗎？」這讓成島明白朋友也很關心自己──隔了約一年半，等待時間解決一切。

體會到對方的心意，成島很高興。她們毫無疑問是共享過一段時光的夥伴。激動的情緒復甦，她回答：「嗯，我很好。」

她和朋友互道近況。喜歡偶像的朋友不時哈哈大笑。她已沒在吹管樂，爲了買偶像演唱會的門票，瞞著學校天天忙著打工。所以得知成島在一段空白後，又重回管樂的懷抱，她誇張地驚叫：「眞的假的！」成島說明他們讓瀕臨廢社的管樂社起死回生，打入B部門的分部大賽。「天哪、天哪，好厲害，太厲害了！」朋友開心地歡呼，接著在電話另一頭淚聲說著：「美代子，太好了。妳沒事了，對吧？我可以這樣想吧？眞的、眞的太好了……」這番話塡補了兩人之間一年半的空白。

兩人聊了很久，成島詳細得知以前的夥伴現下在做些什麼。朋友非常會描述，聽她談起其他人，成島彷彿與她們同在一起。

當然，兩人也聊到老師。關於老師，成島掌握某種程度的消息。她們畢業那一年，老師調去另一所學校。他後來的活躍，成島是在報上看到的。老師調至沒沒無聞的國中，短短四個月內，帶領管樂社拿下分部大賽的金牌。在國高中的管樂世界裡，這是有可能的。報導寫著，今年那所學校也在同一比賽中拿到金牌，原本四十名的社員，現在已超過六十名，氣勢如虹。

成島母校的管樂社怎麼了？老師調走的那一年，在縣大賽拿到銀牌，隔年只拿到地方大賽的銅牌。成島認識那些學弟妹，他們的技術絕不差，成績卻不理想。身爲畢業學姊，她不禁大爲失望。

「沒辦法啊。」

朋友埋怨道，然後提到曾共同練習的國中：

「聽說那裡的管樂社已廢社。」

成島不敢置信。那所學校的管樂社和成島的國中一樣，是中編制的樂團，也是地區大賽的金牌常勝軍。據說是顧問老師調走，後繼無人，所以決定廢社。

少子化導致學校規模縮小，教師高齡化導致顧問不足，想維持社團活動，遭遇的問題愈來愈多。成島身爲副社長，經常進出職員室，也會聽到一些傳聞。許多老師被迫長時間留校，十分排斥擔任社團顧問。

朋友的話聲裡隱約帶有怨恨的音色，及悟出一些眞相的情緒。

成島和朋友都是自願度過幾乎沒有週末的國中生活。管樂就是有著讓她們如此沉迷的魅力。以結果來看，雖然放棄不少事，卻得到無法取代的寶物。

她們堅持到最後，絕不後悔，但……

「美代子，我不太會說……」

「指導老師的影響真的很大。」

「居然會面目全非，實在不敢相信。」

「我覺得好不甘心。」

「教人不禁質疑，我們的力量到底算什麼？」

「我這樣想，會很奇怪嗎？」

朋友斷續吐露的話，在成島的心中投下陰影。

## 2

成島會留在社辦是有原因的。她想一個人冷靜一下，重讀社團的活動日誌。如果必要，她想帶回家讀。

一直以來，南高管樂社礙於社員不足，連地區大賽都無法報名參加，卻在短短十六個月內，首次打入B部門的東海大賽。從會場部分人士的言論得知，南高被說成是靠著草壁信二郎的才華和運氣過關斬將。在業餘管樂的世界裡，指導者的影響就是這麼大，別人會這麼認爲，也是無可奈何。

「對不起，這煩惱太奢侈了。」

後來朋友連忙道歉。

這才不是什麼奢侈的煩惱。如果除了指導者的能力以外，還有其他明確的因素，成島想要知道。如果一失去優秀的指導者，便立刻潰不成軍，豈不是太悲哀？就算撕破她的嘴，她也不能說是剩下的社員不夠努力。

她希望活動日誌裡會有線索。南高管樂社使用的是A４筆記本，寫完一本就換下一本。格式沒有嚴密的規定，不過都會寫下日期、練習開始與結束的時間、練習的內容、注意到的事、往後的課題、得到的啓發等等。有些像後藤那樣的認眞社員，會連當天的天氣、哪些樂器分配到哪間教室練習都詳細記錄，但也有像穗村一樣的社員，字裡行間可清楚感受到已燃燒殆盡。不用自動筆的上条也表現出他的個性。他懶得喀嚓喀嚓按出筆芯，都直接拿鉛筆寫。上条在關鍵時刻的專注力十分值得效法。

成島回溯日期，專心閱讀。雖然她早就知道，但每一頁都有草壁老師親筆寫下的意見。這不是日誌，而是社員和老師之間的信件往返。

今年六月，草壁老師過勞病倒。不管在哪一所學校，年輕教師都被迫扛起一堆活動的相關雜務，工作負擔龐大。然而，即使是休假，如果社員要求，草壁老師便會親自指導。老師沒有一天拋下管樂社成員，自行回家。曾受到各方期待成為國際指揮家的人物，居然願意到毫無實績的縣立高中當老師，光這件事就已是奇蹟。這樣的顧問老師，恐怕再也不會出現第二個。

成島一頁一頁讀著。獨自一人，不安便會泉湧而出，肩膀猛地一個哆嗦。如同過去封閉心靈的自己，往後一定也會有學弟妹需要草壁老師。希望老師能永遠待在這所學校，但縣立學校和私立的藤咲高中不一樣，老師不知何時會被調去什麼地方。

其實，憑草壁老師的才華，他不應該待在這種鄉下小學校。

成島在膝上闔起活動日誌，深深嘆一口氣，視線移向社辦角落。她注意到鐵架最上層的紙箱，忽然想起：「啊……」她搬來腳架，走到紙箱正下方，爬上腳架，用力伸出雙手，吃力地將頗重的紙箱搬到地上。不出所料，除了樂譜之外，還保存著封面老舊的筆記本。

那是歷代學長姊留下的活動日誌。

封面以油性筆寫著年度。

最活躍的時期，社員超過七十名。雖然不敵社員總是超過百名的強校，但這樣就能在團體的A部門一較高下。過去的最佳成績，應該是距今十六年前的A部門分部大賽的銀牌。那個時候的獎狀仍掛在社辦牆上，練習前成島偶爾會抬頭看看。

成島皺起眉。筆記本數量很少。她全部拿出來，逐一檢視封面。最舊的年度封面有燒焦的痕跡，是不小心丟進焚化爐了嗎……？

她頗為失望，沒有最活躍的十六年前的活動日誌。

紙箱裡保管的，是從二〇〇一年起的十年份。

上一代社長片桐形容，那是苦難與衰退的十年。社員急遽減少，到二〇〇六年度，只剩下一名社員，連音樂教室都不能使用，實際上等於是淪為活動停止的狀態。

成島依年度拿起筆記本，用拇指指腹翻開。或許是士氣低落，有幾本甚至只寫了幾頁，看得成島心裡難受極了。

如果這時期有草壁老師……想到這裡，她搖搖頭。這樣未免太自以為是。

她拿起關鍵的二〇〇六年度的活動日誌。

只剩下一個人，被驅離音樂教室的社員……

當時他究竟是怎樣的心情？

二〇〇六年度的活動日誌，開頭就是連續的空白。空白、空白、空白，持續不斷的空白世界，成島不由得心疼起來。就在她快忍不住發出呻吟的時候，突然睜大眼。她急忙翻回去，有個地方寫滿密密麻麻的字，像是情緒猛地爆發。

要把人分類，不是件易事——

文章從這句話開始。

字跡很漂亮，是用原子筆寫的。沒有寫錯複雜的漢字，也完全沒有修改的痕跡。

成島讀起手記。

要把人分類，不是件易事。

畢竟世上有將近六十六億的人口，每個人都不盡相同。即使如此，我仍試著思考怎樣的人能克服困難與逆境。經過不斷思索，總算找到答案。一個人是無法成功的，必須要有五種類型的人齊心協力，否則毫無意義。只要有這樣的五個人，縱然優秀的指導者離開、社員減少，也能撐下來。

這五個人就是：

Fighter＝戰鬥者

Thinker＝思考者

Believer＝信仰者

Connecter＝連繫者

Realist＝現實主義者

或許有人會認爲這樣的分類沒有意義，或是可笑，但絕非如此。我認爲人意外地有著單純的一面。我看過太多，愈是面對困難、被逼到極限，人的本質愈會浮出表面。

這到底是……？

Fighter與Thinker這些奇妙的名稱，及引人入勝的文章，成島不由得正襟危坐，細讀起來。作者用的是沒有性別的第一人稱，乍讀之下，堅硬的文體令人驚訝。

「Fighter」

戰鬥者。即使被打倒，仍能繼續站起來。不屈不撓，亦能夠承受精神上的痛苦。就算其他人快要放棄，也絕不會放棄抵抗，奮鬥到最後一刻。缺點是冒冒失失，有時會失控暴衝。

「Thinker」

思考者。利用頭腦克服障礙，結合智慧、創意與工夫來解決問題。即使是在嚴酷的時期，也能從各種角度進行審視，想出新點子，找到意外的解決之道。一些人面對困難與逆境，會想用蠻力解決，但思考者仰賴的是知性。缺點是太聰明，能洞悉未來，往往會輕言放棄。

「Believer」

信仰者。痛苦的時候會依靠上帝，不過這是很重要的。即使是在試煉中，仍能相信看不見的神明，撐過苦難。這樣的樂觀主義可爲周圍帶來希望。縱然在最艱困的時候，依舊能發揮幽默感；就算身處逆境，也能逗樂大家。缺點是過於追求歡樂，有著快樂主義者的一面。

「Connecter」

連繫者。以和其他人的關係與連繫做爲力量，克服困難與逆境。熱心助人，強勢主導，善於調節事物的平衡。只要是爲了好友與重要的人，任何事都能忍耐，任何事都能達成。缺點是一旦遭到背叛，容易一蹶不振。

「Realist」

現實主義者。明白一切事物都不可能按照計畫進行，有些可以控制，有些總在意料之外。即使是周圍的人陷入恐慌之際，依然能保持沉著。出於本能明白最好靜待最糟糕的狀況過去，也知道什麼時候應該採取行動。缺點是太頑固，看似耐得住孤獨，其實害怕寂寞。

成島專心一意地讀著。

她沉潛到二〇〇六年度活動日誌裡的非日常世界，每一個字都在心底激起漣漪。

她重讀好幾次，深深吸氣後，從筆記本上抬起頭，腦海浮現一路闖進東海大賽的主要成員。

奇妙地令人信服。

她思考著南高管樂社的「Fighter」是誰。什麼事都要插一腳，看到有人求救，總是不考慮後果地伸出援手，並不停拉攏新的夥伴及援軍。而這樣的她，不知道自己其實受到「Thinker」支持。

「Believer」現在完全成爲社團裡的開心果，格外醒目。遇到困難的時候，就聽天由命。樂天主義，很搞笑。確實如此。最近經常被他悠哉的發言拯救。

「Connecter」連繫社團裡每一個難搞的人。確實，這是只有他才做得來的工作。缺點則是一旦遭到背叛，便容易一蹶不振——這是他絕不會表現出的脆弱。或許眞是如此，成島想告訴他：不管發生任何事，我都不會背叛你，我會待在你的身邊。

活動日誌最後以這樣一段文字作結。只有那裡的文字因水漬而暈滲。

我沒有這樣的夥伴。

希望有一天，南高管樂社能得到這樣的五個人，引領大家前進。

其他的成員，應該都會好好注視這五個人的背影。

一定會有人繼承他們的角色。

by Mochizuki

成島盯著文末的羅馬拼音良久。

望月（Mochizuki）……？實際上處於活動停止的深淵中，將希望寄託給未來的世代，留下這份筆記的人。

感動仍震動著身體深處，拭去成島的迷惘。這麼一提，國中的時候，社團裡也有著這樣的五人。睽違一年半打電話來，重新連繫關係的朋友，就是「Connecter」。

「教人不禁質疑，我們的力量到底算什麼？」

朋友根本不需要沮喪。

以這種形式揭示出路標的望月，是什麼人？南高管樂社的畢業學長或學姊？成島將活動日誌緊緊抱在懷裡，抬起頭。調查看看吧，如果能見到對方，想一起聊聊。成島強烈地如此希望。

## 3

星期一，技術較差的學弟妹裡，有一名學妹都會在上課前及午休時間，將力氣花在大調、小調的全音階練習上。雖然只是不斷重複緩慢而單調的練習，但可培養專注力與持續力。

成島的個人練習與分部練習，有時候會與長笛等聲部一起，但基本上是獨自一人。她也會指導學弟妹。這天的午休時間，她在空教室陪伴吹小號的學妹，靜靜指出錯誤：「不行、不行、不行、不行。」即使吹奏的樂器不同，還是有可以指導的地方。學妹有修正音的壞毛病，但特別是小號，音在吹出來的瞬間就決定了。成島針對學妹在停歇後的開始——Einsatz——嚴格地不斷指出錯誤。學妹還有低頭的毛病，於是成島在黑板上畫一條線，囑咐：「看著這條線吹。」給她盲目焦急的情緒一個觀察的方向，好讓她冷靜下來。

太緊迫盯人也不好，成島等待適當的時機，離開學妹。全音調練習是與自己的抗戰。成島出去走廊前，看一下時鐘，距離午休結束還有十五分鐘。前往樓梯平台的路上會經過資料室。成島加快腳步，來到拉門前。門沒鎖。

她進去資料室，關上拉門，隔絕充斥著各種話聲的午休空氣。空無一人。她依序查看填滿牆壁的書架，分量簡直足以媲美小型書店。除了各年度的畢業紀念冊以外，還有許多鄉土史相關文獻、畢業生捐贈的珍本等等。書架放不下的書，似乎就收在角落的紙箱堆裡。

成島走在書架之間的陰暗中。爲了防止書籍因日晒褪色，資料室使用遮光窗簾，不過看看部分窗戶，便可瞭解保護得多徹底。窗戶釘上木板，十分適合做爲祕密基地，感覺會有情侶把這裡當成幽會場所。

她很快找到二〇〇六年度的畢業紀念冊。從書架取出，拿下外盒打開。

她尋找管樂社的照片，想知道望月的長相和全名。社辦保管的往昔的聯絡簿裡查不到。

她翻開社團介紹的部分，卻不見管樂社的蹤跡。是因社員只有一個人，實際上形同停止活動嗎……？

就在成島深深嘆息的時候——

咦？她瞇起眼。有人用自動筆在合唱團合照的框外，寫著小小的「十管樂社」，但筆壓很淡，一開始她沒發現。

那是站在平台鋼琴前的合照。她以手指計算，男生七名、女生三十一名。在這裡面嗎……？把每個人的臉記住，和記載在班級合照上的名字比對，應該就能找出來。不，她太性急了。身爲去年才剛搬來的外地人，她馬上發現「望月」在這個地區是大姓。

她想把手中的畢業紀念冊帶回去，但還是將這個念頭按捺下來。資料室裡的東西很可能禁止外借。應該有負責管理的人，去職員室的時候打聽看看好了。她打算縮小範圍後，再詢問二〇〇六年度在籍的老師。感覺資歷極深的副校長也許知道什麼。

資料室的拉門突然「喀啦啦」地打開，成島嚇得差點尖叫。一陣匆忙的腳步聲後，一對男女進來。成島從書架細微的縫隙間，看見女學生強硬地拉扯男學生的手。

情急之下，成島蹲下躲藏，額頭冒出汗珠。

「學長……」

好像是學妹在逼迫學長，她聽見深情的聲音。成島完全錯失離開的時機，驚慌失措。

「等一下，後藤同學，妳冷靜點。」

「馬倫學長，我不會告訴任何人的。」

發生無法坐視的事件，成島貼在書架上豎起耳朵。

馬倫的話聲明顯不知所措：

「什麼不會告訴任何人……」

「學長在星期六打工。」

「我又沒隱瞞，我全部向草壁老師報告過了。」

「是小朋友的後翻上單槓教室吧？眞的太棒了！」

「呃、嗯……」

成島鼓起腮幫子，她一個字都還沒聽說。

「我弟表現得怎樣？」

「妳的弟弟？他很乖，頗有毅力。這麼一提，雖然他一直努力到最後，但還是沒成功後翻上去。抱歉沒能幫上忙。」

「沒關係。後來我們星期日幫他特訓，他終於學會。」

「太好了。」

「幫助弟弟是姊姊的職責嘛。」

「妳是個好姊姊。」

「所以，我想向馬倫學長道謝……」

「原來是這樣。該道謝的是我，他們讓我學到很多。」

「其實……」

「咦？」

「我弟在家裡都叫學長『哥哥』。」

「咦？咦？」

「他超感激學長的指導。哎呀，我弟眞是乖巧懂事。」

成島漸漸感到不耐煩。不是對學妹後藤，而是對馬倫。成島明白，對任何人都一樣和善、一視同仁，是馬倫的優點，但博愛過頭，總有一天會爲此吃苦頭。

天花板的揚聲器，傳出通知午休即將結束的預備鈴聲。

「快上課了。」

「啊，眞的。」

馬倫先離開，跟著出去的後藤鎖上資料室，踩著輕快的腳步遠離走廊。不會吧？被鎖起來的成島搖晃拉門，「咚咚」敲著。

## 4

要說多慘，就有多慘。

後來，體育老師發現成島，從資料室救出她。於是，她晚了十五分鐘進入教室，在高中生活中第二次在同學面前出大糗（第一次是在〈退出遊戲〉裡的即興劇）。

所以，一天的課程結束，班級活動時間後的打掃，成島比別人更認眞。平常只是大略掃一掃，清理垃圾，但今天是一個月一次的大掃除日，她賣力拖地，像工蟻般勤勞地將桌子歸位。在教室來來回回，沒什麼體力的她立刻上氣不接下氣。

走廊窗邊的男生喊道：

「喂，成島！有三年級的找妳！」

成島以指尖輕拭微微汗濕的額頭，轉向旁邊。

只見片桐前社長正在走廊向她招手。從國中時代便浸泡在嚴格的上下關係及規律大染缸的成島，立刻跑到片桐前社長身旁。現在她成爲別人的學姊，更強烈意識到這樣的關係。

「學長，有什麼事？」

片桐從袖口露出手表。下午三點五十分，再十分鐘就是社團時間。

「妳今天要在哪裡練習？」

成島說出平常用來進行個人練習的空教室號碼。

「我等一下就過去。」

「咦？」

「有東西要給妳。我本來想交給馬倫，但他好像被學生會叫去，不見人影。」

馬倫針對社團的活動營運費，向學生會提出幾項問題，學生會似乎有了回答。「他大概不到一小時就會回來……」

「我可是考生，沒空等他那麼久。而且，我想盡快把東西交出去。」

「東西？」

「總之，晚點見。」

到底是什麼？成島納悶地歪頭。

成島右手提著雙簧管和簧片盒，左手拎著組合式譜架和鉛筆，口中含著簧片，蟹行移動。這也是不太想被男社員撞見的模樣。片桐就站在她要去的空教室前，看來害他等了一下。

「喏。」片桐走進空教室，把一樣東西擺到桌上。是全新的小號盒。

成島彎腰湊近，「裡面有小號嗎？」

「沒有。這是種種原因下得到的，捐給管樂社。」

「眞的嗎？」

「向草壁老師報備過了。你們想要新的樂器盒吧？」

「種種原因下得到……可是，這不是很貴嗎？」

「七萬五千**點**。」

成島愣了一拍，抬起頭。她差點錯過細節，不由得蹙起眉：

「不是七萬五千**圓**？」

「是**點**。」

「抱歉，我不太懂。」

「這很難解釋。」片桐歪頭噘起嘴唇，「眞的很難。」

「學長向草壁老師報備過……？」

「我耗費三十分鐘才讓老師聽懂。這不是什麼來路不明的東西，是我妹存有一大堆鐘標。量很多，不曉得該怎麼處理。唔，她給周圍的人添不少麻煩，決定四處分發各種設備用品。」

「可以請學長從頭再說一次嗎？」

「看吧！看吧！有辦法完整說明的，只有戲劇社啦！」

片桐雙手覆臉哀叫，成島打消追問細節的念頭。

「謝謝學長，大家一定會非常開心。」

成島行禮道謝。片桐露出靦腆的表情，然後恢復一本正經，留下一句「加油吧」，揹起背包準備要走，成島小聲挽留：「學長……」

「什麼事？」

「片桐學長熟悉畢業的學長姊嗎？」

「妳說管樂社的？」

「是的。」

「我跟他們完全沒聯繫。」片桐摸著頭髮回答。「不過，我和草壁老師一起寄過許多信給他們。」

差點忘了。片桐和草壁老師在暑假的三次大賽期間，每次都手寫邀請函給南高管樂社的畢業學長姊（參考《行星凱倫》中的〈沃普爾吉斯之夜〉）。在那些辛苦的練習中抽出空來……直到東海大賽結束，成島才知道。她眞的十分敬佩這位學長。

「片桐學長記得二〇〇六年度的畢業生嗎？」

「我記得很清楚。因爲只有一個人，望月樹。」

「咦？」

片桐沒什麼自信地偏著頭，視線飄向半空：「唔，姓氏好像改過，現在應該是姓兵藤。」他在黑板上用粉筆爲成島寫下漢字。

「望月……兵藤樹……」

成島念出名字，然後再一次——這次在心中反芻。

「我們寄過信的畢業學長姊，不是曾送來中古樂器嗎？」

「啊，對。」成島點點頭。他們都親手保養那些捐贈的樂器。

「將近一半是兵藤學長蒐集來的。」

成島發出感嘆與驚訝交織的話聲：「原來是這樣……」

「東海大賽當天，他應該有到場聆聽。」

成島頓時屏住呼吸。沒想到，學長以這樣的形式與南高管樂社產生聯繫，在遠處守護著他們。成島無法隱藏內心的感動，嘴唇顫抖：「我好想見見他……」

片桐眨眼，直盯著成島：

「妳和兵藤學長之間有什麼嗎？」

成島猶豫該不該吐露，在腦中拼湊要說明的內容。

片桐誤解她的沉默：

「如果不方便啓齒，不必說也沒關係。」

「啊，不是……」

轉身要走的片桐回頭：

「我寫過謝函了。如果妳想直接寄信給他，可以看從前的社團聯絡簿。」

「社辦裡沒有。」

「啊，抱歉、抱歉。可能是我們拿去用，忘記還回去。應該在副校長那裡。」

「副校長？」

「副校長也幫忙寄信。要聯絡畢業學長姊，比起剛到任的草壁老師，由副校長出面比較妥當。畢竟副校長是我們的副顧問啊。」

今年夏天，汗流浹背的不只有他們知道的人。包括允許他們從早練習到晚的家人在內，許多人默默支持著他們。成島忍不住感到羞愧。

「我晚點去問……」

「拜拜。」片桐離開教室前又轉頭說：「明年的比賽，我會在會場聆聽大家的演奏。」

「好的……」

成島行一禮，抬起頭，注視片桐離去的方向，目光中充滿力量。寫信給兵藤樹吧！她下定決心。想告訴學長，當年留下的筆記本給予她多大的力量，並且將會成為尚未出現的學弟妹的路標。

她深深地坐到椅子上，準備練習發音。

這時，像是與片桐擦身而過，走廊傳來「啪嗒啪嗒」的拖鞋聲，逐漸逼近。衝進空教室的是芹澤。可能是全力衝刺而來，芹澤氣喘吁吁地扶著拉門，以銳利的目光四下掃視，彷彿在找誰。

「我……聽說……在這裡啊……？」

芹澤不甘心地低喃。

「怎麼了嗎?」成島坐在椅子上問。

芹澤說到一半,嘴唇僵硬地歪曲。她內心似乎正在天人交戰,彷彿耗費一番工夫,總算慢慢嚥下某些情緒,接著迅速撩起瀏海,恢復平時的冷酷神情。

「那頭豬去哪裡?」

「我不知道什麼豬。」

芹澤無精打采地走掉。成島焦急地望著拒人於千里之外的芹澤。雖然想和她再親近點,但只要稍微靠近,芹澤總會倏然逃走。

## 5

晚上七點半,社團活動結束。

今天從聲部練習到合奏,中間一次都沒休息。不管是水分補給或上廁所,皆個別進行,直到最後都維持著緊張與高度專注。鬆一口氣後,大夥頓時餓了起來。緊閉的音樂教室窗外染上夜晚的黑,全員開始收拾樂器和譜架。

成島折起椅子,觀察眾人的模樣。

雖然不是會發生磨擦或衝突的大家庭，但擁有特出演奏技術和意識的社員，和還趕不上的社員之間差距太大。自從擔任副社長後，成島的視野開闊許多，逐漸釐清對於後者——主要是學弟妹，她應該如何提供支援。

先前成島陪著進行全音程練習的小號學妹，高音一次都沒吹成功，眼眶泛淚。要克服問題，唯有稟持憨直，腳踏實地練習。她國中時的顧問老師曾留下令人困惑的名言「職業音樂家以外的演奏者，僅能靠精神力吹出高音」，但只要練習方法正確，便能確實提升技巧。芹澤送出在意的視線，成島也想詢問一下她的意見。芹澤擅長以平易的話語來解釋、指導音樂表現。她的一句話，可能開拓意外的視野。她能加入管樂社，真的太好了。

成島鎖上音樂教室的門窗，前往職員室。

經過陰暗的校舍走廊，她走下樓梯。

樓梯口傳來交談聲。到了這個時間帶，便容易產生回音，有點像在浴室或隧道大聲說話的迴響。好像是草壁老師和社員。

成島來到職員室前，敲門後說聲「打擾了」才開門。進去一看，副校長坐在裡面的座位。許多老師上年紀後，便換上樸素的襯衫，褲子的折痕也消失，但副校長總穿剪裁高級的西裝。他坐在與周圍相較之下十分整齊的桌前喝茶。

成島歸還音樂教室的鑰匙後，出聲喚道：「副校長。」

副校長緩緩抬頭，慰勞道：

「是成島啊？辛苦了。」

語氣彬彬有禮。

立正的成島望向副校長骨節分明的手，遲疑地詢問管樂社的聯絡簿，補充說她想寫謝函給捐贈許多中古樂器的兵藤學長。

「兵藤、兵藤……」

副校長搜尋記憶似地低喃，打開辦公桌抽屜。

「姓氏也可能是『望月』，是二〇〇六年度的畢業生望月樹學長。」

副校長睜大雙眼，反問：「望月樹嗎？」

「啊，是的。」

副校長訝異地回望成島：「妳要寫信給他？」

「呃，對，我是想這麼做……」

副校長取出一整疊聯絡簿交給成島，然後說：

「寄信給他，他也收不到。」

「咦？」

「寄給他的信，都因收件人不明退回來。難得片桐寫了謝函，卻沒能寄給對方。」

成島收下一疊聯絡簿，頓時沉默。她感到一陣混亂。

「咦、咦……什麼意思？」

「收件人不明有幾種情形。」

副校長靠在椅背上接著道。

「包括搬家後超過一年（註）、查無地址、查無此人等等。他家的地址似乎已變成空地。」

「請等一下。」成島忍不住傾身向前。「那我們寄給他的邀請函，他都沒收到嗎？」

「是啊，全因收件人不明退回學校。我們沒辦法寄信給他，但他寄過一次明信片來。只有寄件人姓名，沒有住址，姓氏也變了。那是他母親的姓。我對他印象極為深

---

註：日本郵局有在住戶搬家一年內，自動將寄到舊址的信件轉送到新居的服務。

刻。你們打入東海大賽，他非常開心。」

這到底是怎麼回事……？

短暫的沉默中，成島尋思起來。

是從報上看到的嗎？

或者，他能跟南高管樂社的相關人士聯絡？

我想起來了。

副校長說著，起身前往學校的資料室，似乎要去拿什麼忘記的東西。

成島安靜跟上。

副校長打開資料室的門鎖，點亮燈，站到直達天花板的書架前。

「樹他們家，是這所高中的學生裡難得一見的音樂家庭。在一般高中，很少會有那樣的學生。他父親是東京都內音樂大學的兼任講師，母親是縣內公立國中的音樂教師。從我剛才的話，妳應該也依稀察覺，總之他是個狀況特殊的學生。」

副校長從書架抽出二〇〇六年度的畢業紀念冊，在成島面前翻開。那一頁是合唱團的社員合照，副校長指著站在平台鋼琴旁的一名男生。

「我們對他滿抱歉的。」

「抱歉……?」

「社團的規定人數是五人。他採取一些行動，讓管樂社免遭廢社的命運，還是應該留下管樂社的照片才對。我想留下，但許多教師反對。」

成島注視合唱團的合照，想起現在的管樂社和美民的狀況。

「莫非是交換社員?」

就是做爲應急處理的身兼二社。成島可以想像，是合唱團派出四名幽靈社員掛名在管樂社。

「沒錯，不過跟你們與美國民謠俱樂部的關係不同。當時的管樂社僅有一名社員，無法進行活動，處境非常危險，加上他不像你們有個好顧問。」

成島抬頭，追問：「那到底是……?」

「當時的合唱團有個女生，鋼琴彈得很好，歌聲十分動聽。負責鋼琴伴奏的只有她。如果她能加入合唱的女高音部，顯而易見，可拉高整個合唱團的水平。」

成島沉默聆聽著。出生於音樂家庭……雖然並不明確，但她心生某種預感。

「樹爲合唱團擔任鋼琴伴奏。付出這麼多，他也想讓這所學校的管樂社繼續保留下去。」

成島掩住緊抿的嘴唇，想起他託付給還不知在哪裡的學弟妹的手記。是他守住後來自己、馬倫和界雄寄身的歸宿。

「副校長……」

「怎麼？」

「關於樹學長畢業後的狀況，副校長知道什麼嗎？」

副校長欲言又止，闔上畢業紀念冊放回原位。他背對成島答道：

「發生很多事。幾年前，他並不在日本。」

母親的姓氏、老家夷爲平地……

成島覺得副校長知道內情，但不會向學生吐露更多。他十分清楚身居要職的教師分際。

啊，這麼一提——副校長忽然冒出一句，成島驚訝地抬頭。

「聽說他拿到教師執照，雖然還沒成爲音樂教師。」

「咦，是這樣嗎？」

「這個世界看似遼闊，其實很小。不知哪天會在哪裡碰上。」

聽著副校長有些距離感的話，成島明白可自力追查的線索到此爲止。

「是……」

副校長搬來腳架，從書架上搬出一個紙箱，放到地上打開。

「這是他留下的東西。」

是看起來頗爲昂貴的教材和樂理書籍。發現有Taffanel & Gaubert的長笛聖經《Méthode Complète De Flûte》，成島大吃一驚。其他還有許多書籍，她忍不住屏息。

「這些書，管樂社可以收下嗎？」

「當然。抱歉，我一直忘了。晚點我搬去音樂教室吧。總之，今天妳先帶本書回去。這是他推薦給每一個人，讀到頁面都磨損的書。」

成島雙手接下。

「你們很幸福。把指揮棒交給草壁老師後，你們像被施了魔法一樣，脫胎換骨。」

「是的……」

「不過，希望你們要做好心理準備。」

「咦？」

「草壁老師不是應該留在這種地方的人。」

成島緊緊閉上眼，「是的……」

副校長以拳頭輕捶腰桿，走到資料室的窗邊。

「抱歉，把妳留到這麼晚。」

他打開厚重的窗簾，從縫隙窺看外頭。

成島也走過去，探頭一望。

戶外一片漆黑，校園裡常夜燈投下的圓形光圈，朦朧延續到正門口。正門旁浮現自行車及四個人的身影。

副校長瞇著眼開口：

「他們在等妳嗎？」

「Fighter」穗村。

「Thinker」上条。

「Believer」界雄。

「Connecter」馬倫。

「Realist」成島點點頭，面露笑容，驕傲地回答：

「對我來說……是最強的四個人……」

或許有一天能夠聯絡上兵藤樹。爲了傳達感謝，也爲了正確地向他報告，成島想在畢業前，過著沒有後悔的每一天。她手中的書本封面，依稀倒映在幾乎要被吸入黑夜的窗玻璃上。書本作者是植村直己，書名是《將青春賭在高山上》。

# 參考文獻

撰寫本書時，參考、引用以下的文獻。

《離開死神前那一秒：32則死裡逃生的真實故事，與簡單的救命科學》（*The Survivors Club：The Secrets and Science that Could Save Your Life*）　班・薛伍德（ben sherwood）著　松本剛史譯／講談社International
《鼓法教本》（まるごとドラムの本）　市川宇一郎／青弓社
《給立志成爲音樂家的人》（音楽家をめざす人へ）　青島廣志／筑摩Primer新書
《一隻喇叭珍奇箱》（ラッパ一本玉手箱）　近藤等則／朝日新聞社
《鐘標的祕密》（ベルマークのひみつ）　高井ジロル／日本文藝社
《科學書籍之旅：鳥瞰世界的一百本書》（サイエンス・ブック・トラベル：世界を見晴らす１００冊）　山本貴光編／河出書房新社
《解謎：少年少女世界名著》（謎解き：少年少女世界の名作）　長山靖生／新潮新書
《耳朵之濱》（耳の渚）　池邊晉一郎／中央公論新社

《動物與人類的世界觀：世界就是錯覺》（動物と人間の世界認識：イリュージョンなしに世界は見えない） 日高敏隆／筑摩書房

文獻主旨與本書內容無關。寫作本書時，亦參考其他許多書籍及網站。此外，為配合作品的世界觀，對文獻內容做了修改，若作品中有任何錯誤，文責歸屬作者。

# NIL 27／一人管樂社

原著書名／ひとり吹奏楽部
原出版者／角川書店
作　者／初野晴
翻　譯／王華懋
責任編輯／詹凱婷・陳盈竹
編輯總監／劉麗真
總 經 理／陳逸瑛
榮譽社長／詹宏志
發 行 人／涂玉雲
出 版 社／獨步文化
城邦文化事業股份有限公司
104台北市中山區民生東路二段141號5樓
電話：(02) 2500-7696　傳真：(02) 2500-1967
發　行／英屬蓋曼群島商家庭傳媒股份有限公司
城邦分公司
104台北市中山區民生東路二段141號2樓
網址／www.cite.com.tw
讀者服務專線／(02) 2500-7718；2500-7719
服務時間／週一至週五：09：30～12：00　13：30～17：00
24小時傳真服務／(02) 2500-1900；2500-1991
讀者服務信箱E-mail／service@readingclub.com.tw
劃撥帳號／19863813
戶名／書虫股份有限公司
香港發行所／城邦（香港）出版集團有限公司
香港灣仔駱克道193號號1樓東超商業中心
電話／(852) 2508-6231　傳真／(852) 2578-9337
E-mail／hkcite@biznetvigator.com
馬新發行所／城邦（馬新）出版集團
Cite (M) Sdn Bhd
41, Jalan Radin Anum, Bandar Baru Sri Petaling,
57000 Kuala Lumpur, Malaysia.
Tel: (603) 90578822
Fax:(603) 90576622
email:cite@cite.com.my
內頁插畫／NIN
封面插畫／Rum
封面設計／犬良設計
排　版／游淑萍
印　刷／中原造像股份有限公司
●2018（民107）8月初版
售價280元
HITORI SUISOGAKU BU HARUCHIKA BANGAIHEN
©Sei HATSUNO 2017
First published in Japan in 2016 by KADOKAWA CORPORATION, Tokyo.
Chinese translation rights arranged with KADOKAWA CORPORATION, Tokyo
through TOHAN CORPORATION, Tokyo.
版權所有・翻印必究 ISBN 978-986-96603-4-1

國家圖書館出版品預行編目資料

一人管樂社／初野晴著；王華懋譯．–初版．
– 台北市：獨步文化，城邦文化出版：家
庭傳媒城邦分公司發行，民107.08
面；公分. --（NIL；27）
譯自：ひとり吹奏楽部
ISBN 978-986-96603-4-1
861.57　　　　　107010807

獨步文化
APEX PRESS

| 廣 告 回 函 |
| --- |
| 北區郵政管理登記證 |
| 台北廣字第000791號 |
| 郵資已付，免貼郵票 |

104台北市民生東路二段 141 號 2 樓

**英屬蓋曼群島商家庭傳媒股份有限公司**

**城邦分公司**

請沿虛線對摺，謝謝！

獨步文化
APEX PRESS

| 書號：1UY027 | 書名：一人管樂社 | 編碼： |
| --- | --- | --- |

請於此處用膠水黏貼

獨步文化 APEX PRESS

# 讀者回函卡

謝謝您購買我們出版的書籍！

請費心填寫此回函卡，我們將不定期寄上城邦集團最新的出版訊息。

姓名：____________________ 性別：□男 □女

生日：西元________年________月________日

地址：______________________________

聯絡電話：________________ 傳真：________________

E-mail：______________________________

學歷：□1.小學 □2.國中 □3.高中 □4.大專 □5.研究所以上

職業：□1.學生 □2.軍公教 □3.服務 □4.金融 □5.製造 □6.資訊

□7.傳播 □8.自由業 □9.農漁牧 □10.家管 □11.退休

□12.其他____________________

您從何種方式得知本書消息？

□1.書店 □2.網路 □3.報紙 □4.雜誌 □5.廣播 □6.電視

□7.親友推薦 □8.其他________________

您通常以何種方式購書？

□1.書店 □2.網路 □3.傳真訂購 □4.郵局劃撥 □5.其他

您喜歡閱讀哪些類別的書籍？

□1.財經商業 □2.自然科學 □3.歷史 □4.法律 □5.文學

□6.休閒旅遊 □7.小說 □8.人物傳記 □9.生活、勵志 □10.其他

對我們的建議：______________________________

______________________________

______________________________

為提供訂購、行銷、客戶管理或其他合於營業登記項目或章程所定業務需要之目的，家庭傳媒集團（即英屬蓋曼群島商家庭傳媒股份有限公司城邦分公司、城邦文化事業股份有限公司、書虫股份有限公司、墨刻出版股份有限公司、城邦原創股份有限公司），於本集團之營運期間及地區內，將以mail、傳真、電話、簡訊、郵寄或其他公告方式利用您提供之資料（資料類別：C001、C002、C003、C011等）。利用對象除本集團外，亦可能包括相關服務的協力機構。如您有依個資法第三條或其他需服務之處，得洽詢本公司服務信箱cite_apexpress@cite.com.tw請求協助。相關資料不提供亦不影響您的權益。

□我已詳讀權利義務之相關條款，並同意遵守。

請於此處用膠水黏貼

# 城邦讀書花園

www.cite.com.tw

城邦讀書花園匯集國內最大出版業者——城邦出版集團包括商周、麥田、格林、臉譜、貓頭鷹等超過三十家出版社，銷售圖書品項達上萬種，歡迎上網享受閱讀喜樂！

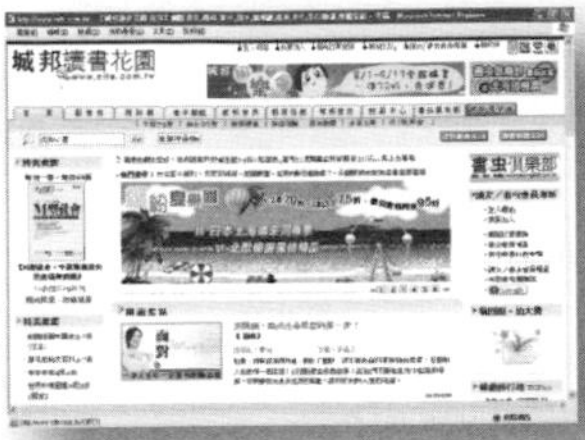

## 城邦萬本好書 免運費 79折 通通帶回家！

## 城邦讀書花園網路書店 6 大功能

最新書訊：介紹焦點新書、講座課程、國際書訊、名家好評，閱讀新知不斷訊。
線上試閱：線上可看目錄、序跋、名人推薦、內頁圖覽，專業推薦最齊全。
主題書展：主題性推介相關書籍並提供購書優惠，輕鬆悠遊閱讀樂。
電子報館：依閱讀喜好提供不同類型、出版社電子報，滿足愛閱人的多重需要。
名家BLOG：匯集諸多名家隨想、記事、創作分享空間，交流互動隨心所欲。
客服中心：由專業客服團隊回應關於城邦出版品的各種問題，讀者服務最完善。

## 線上填回函・抽大獎

購買城邦出版集團任一本書，線上填妥回函卡即可參加抽獎，
每月精選禮物送給您！

## 動動指尖，優惠無限！

請即刻上網 www.cite.com.tw

# 城邦讀書花園

www.cite.com.tw

城邦讀書花園匯集國內最大出版業者──城邦出版集團包括商周、麥田、格林、臉譜、貓頭鷹等超過三十家出版社，銷售圖書品項達上萬種，歡迎上網享受閱讀喜樂！

## 線上填回函・抽大獎

購買城邦出版集團任一本書，線上填妥回函卡即可參加抽獎，
每月精選禮物送給您！

**城邦讀書花園網路書店**
**4 大優點**

- 銷售交易即時便捷
- 書籍介紹完整彙集
- 活動資訊豐富多元
- 折扣紅利天天都有

**動動指尖，優惠無限！**

請即刻上網 **www.cite.com.tw**